U0503797

文景

———

Horizon

社 科 新 知　文 艺 新 潮

Thomas
Bernhard

Alte Meister.
Komödie

历代大师：
一出喜剧

[奥地利] 托马斯·伯恩哈德 著
马文韬 译

上海人民出版社

目 录

特立独行的伯恩哈德——伯恩哈德作品集总序

托马斯·伯恩哈德（1931—1989）是奥地利最有争议的作家，对他有很多称谓：阿尔卑斯山的贝克特、灾难作家、死亡作家、社会批评家、敌视人类的作家、以批判奥地利为职业的作家、夸张艺术家、语言音乐家等。我以为伯恩哈德是一位真正富有个性的作家。叔本华曾写道："每个人其实都戴着一张面具和扮演一个角色。总的来说，我们全部的社会生活就是一出持续上演的喜剧。"[1]伯恩哈德是一位憎恨面具的人。诚然，在现实社会中，绝对无遮拦是不可能的，正如伯恩哈德所说："您不会清早起来一丝不挂就离开房间到饭店大厅，也许您很愿意这样做，但您知道是不可以这样做的。"[2]是否可以说，伯恩哈德是一个经常丢掉面具的人。1968年在隆重的奥地利国家文学奖颁奖仪式上，作为获奖者的伯恩哈德在致辞时一开始便说"想到死亡，一切都是可笑的"，接着便如他在其作品中常做的那样

1　叔本华：《叔本华思想随笔》，韦启昌译，上海人民出版社，2003年，第106页。

2　Thomas Bernhard, *Gespraeche mit Krista Fleischmann*, Suhrkamp, 2006, p.43.

批评奥地利，说"国家注定是一个不断走向崩溃的造物，人民注定是卑劣和弱智……"，结果可想而知，文化部长拂袖而去，文化界名流也相继退场，颁奖会不欢而散。第二天报纸载文称伯恩哈德"狂妄"，是"玷污自己家园的人"。同年伯恩哈德获安东·维尔德甘斯奖，颁奖机构奥地利工业家协会放弃公开举行仪式，私下里把奖金和证书寄给了他。自1963年发表第一部长篇散文作品《严寒》后，伯恩哈德平均每年都有一两部作品问世，1970年便获德国文学最高奖——毕希纳奖。自1970年代中期，他公开宣布不接受任何文学奖，他曾被德国国际笔会主席先后两次提名为诺贝尔文学奖候选人，他说如果获得此奖他也会拒绝接受。不俗的文学成就，使他登上文坛不久便拥有了保持独立品格所必要的物质基础，使他能够做到不媚俗，不迎合市场，不逢迎权势，不为名利所诱惑，他是一个连家庭羁绊也没有的、真正意义上的富有个性的自由人。如伯恩哈德所说："尽可能做到不依赖任何人和事，这是第一前提，只有这样才能自作主张，我行我素。"他说："只有真正独立的人，才能从根本上做到真正把书写好。"[1]"想到死亡，一切都是可笑的。"伯恩哈德确曾很早就与死神打过交道。1931年，

1　Thomas Bernhard, *Gespraeche mit Krista Fleischmann*, Suhrkamp, 2006, p.110.

怀有身孕的未婚母亲专门到荷兰生下了他，然后为不耽误打工挣钱，把新生儿交给陌生人照料，伯恩哈德上学进的是德国纳粹时代的学校，甚至被关进特教所。1945年后在萨尔茨堡读天主教学校，伯恩哈德认为，那里的教育与纳粹教育方式如出一辙。不久他便弃学去店铺里当学徒。没有爱的、屈辱的童年曾使他一度产生自杀的念头。多亏在外祖父身边度过的、充满阳光的短暂岁月，让他生存下来。但长期身心备受折磨的伯恩哈德，在青年时代伊始便染上肺病，曾被医生宣判了"死刑"，他亲历了人在肉体和精神瓦解崩溃过程中的毛骨悚然的惨状。根据以上这些经历，他后来写了自传性散文系列《原因》《地下室》《呼吸》《寒冷》和《一个孩子》。躺在病床上，为抵御恐惧和寂寞他开始了写作，对他来说，写作从一开始就成为维持生存的手段。伯恩哈德幸运地摆脱了死神，同时与写作结下不解之缘。在写作的练习阶段，又作为报纸记者工作了很长时间，尤其是报道法庭审讯的工作，让他进一步认识了社会，看到面具下的真相。他的自身成长过程和社会经历构成了他写作的根基。

说到奥地利文学，在第二次世界大战后，要首先提到两位作家的名字，这就是托马斯·伯恩哈德和彼得·汉德克，他们都在1960年代登上德语国家文坛。伯恩哈德1963

年发表《严寒》引起文坛瞩目，英格博格·巴赫曼在论及伯恩哈德 1960 年代的小说创作时说："多年以来人们在询问新文学是什么样子，今天在伯恩哈德这里我们看到了它。"汉德克 1966 年以他的剧本《骂观众》把批评的矛头对准传统戏剧，指出戏剧表现世界应该不是以形象而是以语言；世界不是存在于语言之外，而是存在于语言本身；只有通过语言才能粉碎由语言所建构起来的、似乎固定不变的世界图像。伯恩哈德和汉德克的不俗表现使他们不久就被排进德语国家重要作家之列，并先后于 1970 年和 1973 年获得最重要的德国文学奖——毕希纳奖。如果说直到这个时期两位作家几乎并肩齐名，那么到了 1980 年代，伯恩哈德的小说、自传体散文以及戏剧的成就，特别是在他去世后的 1990 年代，超过了汉德克，使他成为奥地利最有名的作家。正如德国文学评论家赖希-拉尼茨基所说："最能代表当代奥地利文学的只有伯恩哈德，他同时也是我们这个时代德语文学的核心人物之一。"伯恩哈德创作甚丰，他 18 岁开始写作，40 年中创作了 5 部诗集、27 部长短篇散文作品（亦称小说）、18 部戏剧作品，以及 150 多篇文章。他的作品已译成 40 多种文字，一些主要作品如《历代大师》《伐木》《消除》《维特根斯坦的侄子》等发行量早已超过 10 万册，他的戏剧作品曾在世界各大主要剧场上演。伯恩哈德逝世后，他的戏剧作品在不断增加，原本被称为散文作品或小说的《严寒》《维特根斯坦的侄子》《水泥地》和《历代大师》等先后被搬上了舞台。

以批判的方式关注人生（生存和生存危机）和社会现实（人道与社会变革）是奥地利文学的传统，伯恩哈德是这个文学链条上的重要一环。如果说霍夫曼斯塔尔指出了普鲁士式的僵化，霍尔瓦特抨击了市侩习性，穆齐尔揭露了典型的动摇不定、看风使舵的卑劣，那么伯恩哈德则剖析了习惯的力量，讽喻了对存在所采取的愚钝的、不加任何审视和批评的态度。他写疾病、震惊和恐惧，写痛苦和死亡。他的作品让人们看到形形色色的生存危机，以及为维护自我而进行的各种各样的努力和奋斗。这应该说不是文学的新课题，但伯恩哈德的表现方法与众不同，既不同于卡夫卡笔下的悖谬与隐喻，也不同于荒诞派所表现的要求回答意义与世界反理性沉默之间的对峙。伯恩哈德把他散文和戏剧中人物的意图和行为方式推向极端，把他们那些总是受到威胁、受到质疑的绝对目标，他们的典型的仪式，最终同失败、可悲或死亡联系在一起。他们时而妄自尊大，时而失落可怜；他们所面临的深渊越艰险，在努力逃避时就越狼狈。如果说伯恩哈德早期作品中笼罩着较浓重的冷漠和严寒气氛，充斥着太多的痛苦、绝望和死亡，那么在后期作品中，他常常运用的、导致怪诞的夸张中，包含着巧妙的具有挑战性的幽默和讽刺。这种夸张来自严重得几乎令人绝望的生存危机，反过来它也是让世界和人变得可以忍受的唯一的途径。伯恩哈德通过作品中的人物说，我们只有把世界和其中的生活弄得滑稽可笑，我们才能生活下去，没有更好的方法。从这个意义上说，夸张也是克服生存危机的主要手段。

让我们先概略地了解一下他的主要作品的内容，虽然介绍作品的大致情节实际上不能很好地说明他的作品，因为他的作品，无论有时也称作小说的散文，还是戏剧，都不注重情节的建构。

他的成名作是小说《严寒》（1963），情节很简单：外科大夫委托实习生去荒凉的山村观察隐居在那里的他的兄弟——画家施特劳赫。26天的观察日记和6封信就是这部小说的内容，作为故事讲述者的实习生，随着观察感到越来越被画家的思路所征服，好像进入了他的世界。通过不断地引用画家的话，他的独白，展示了他的彷徨、迷惘，他的痛苦和绝望。他不能像他做医生的兄弟那样有成就，因为他的敏感和他的想象使他无法忍受自然环境的残暴。建造工厂带来的污染使他呼吸不畅；战争中大屠杀留下的埋人坑，让他感到空气似乎都因死者的叫喊而震颤。孤独、失败和恐惧使他愤懑，于是他便用漫无边际的谩骂和攻击来解脱。最后他失踪在冰天雪地里。事实表明，他的疾病是精神上的，他整个人都在瓦解，好像在洪水冲刷下大山的解体。

他的第二部长篇《精神错乱》（1967）可以作为第一部长篇的延伸，是直面瓦解和死亡的一部作品。医生欲让读大学的儿子了解真实的世界，便带他出诊。年轻人客观地叙述他所见到的充满愚钝、疾病、苦痛、疯癫和暴力的世界。他所见到的人，或者肉体在瓦解、在腐烂，如磨坊主一家；或者像把自己关在城堡里的、精神近于错乱的侯爵骚劳，他见到医生无法自制，滔滔不绝讲述起世界的可怕和无法理解。这个世界是一座死亡的学校，到处是冰冷、病态、癫狂和混乱，树林上空飞着鲨鱼，人们呼吸的是符号和数字，概念成了我们世界的形式。骚劳侯爵那段长达100多页的独白，像是精神分裂者颠三倒四的胡说八道，实际上是为了呼吸不停顿、为了免得窒息而亡的生存方式。长篇《石灰厂》（1970）的主人公退居到一个废弃的石灰厂里从事毕生所追求的关于听觉的试验。在深知自己无力完成这项试验后，他杀死了残疾的妻子，结束了自己的生命。长篇《修改》（1975）中，家道殷实的主人公不去管理家业，却专心致志耗费大量资金为妹妹造一座圆锥体建筑物，建

7

成后，妹妹走进去却突然死亡。一心想让妹妹在此建筑中幸福生活的建造者，也随之结束了自己的生命。《水泥地》（1982）的主人公计划写一篇关于一位作曲家的学术论文，但姐姐的来访和离去都使他无法安心写作，于是他便出去旅行，期望能在旅行中安静思考。在旅馆里他想起一年半前在此度假的一个不幸的女人，她的丈夫在假期中坠楼身亡。主人公到墓地发现，墓碑上这个男人姓名的旁边竟然刻着那女人的名字。回到旅馆后他心中再也无法平静。音乐评论家雷格尔是《历代大师》（1985）的主人公，定期到艺术史博物馆坐在展览厅里注视同一幅油画。他认为只要下功夫去寻找，任何大师的名作都有缺点，而只有找出他们的缺点，他们才是可以忍受的。他恨他们同时他又感谢他们，是他们使他留在了这个世界上。但当他的妻子去世时，他才发现，使自己生活在这个世界上这么久的其实不是历代大师，而是他的妻子，他唯一的亲人。《消除》（1986）的主人公木劳为拯救他的精神生活，必须离开他成长的家乡。由于父母（当过纳粹）和兄弟遇车祸死亡，他不得不返乡。这次逗留使他看得更清楚，必须永远离开他的出生之地。他决定去描写家乡，目的是打破普遍存在的对纳粹那段历史的沉默，把所描写的一切消除掉，包括一切对家乡的理解和家乡的一切。《消除》使人想起了许多纳粹时代的、人们业已忘记了的罪行。传统的权威式教育，以及天主教与哈布斯堡王朝的合作，伤害了人们的思考能力，奥地利民族丧失了精神，成为彻底的音乐民族。

以破坏故事著称的伯恩哈德，他那有时也被称为小说的长篇散文当然没有起伏跌宕的情节，但是他对人们弱点的揶揄，对世间弊端的针砭，对伤害人性的习俗和制度的抨击，对人生的感悟，的确能吸引读者，让读者在阅读过程的每个片段都能得到启发。比如《水泥地》中对医生的批评，对慈善机构的斥责，对所谓对动物之爱的质疑，以及对不赡养老人的晚辈的讽刺；《历代大师》中对艺术人生的感悟，对社会上林林总总文化现象的思索，对社会进步的怀疑——吃的食物是化学元素，听的音乐是工业产品，以及对繁琐、冷漠的官僚机构的痛斥，等等。伯恩哈德作品的另一特点是诙谐和揶揄，把夸张作为艺术手段。比如对于《历代大师》中对包括歌德和莫扎特在内的大师们的恶评，在阅读时就不能断章取义，也不能停留在字面上，应该读出作者的用心，一方面是让人破除迷信，另一方面以此披露艺术评论家的心态，揶揄他们克服生存危机的方式。他对家乡、对他的祖国奥地利大段大段的抨击也是如此。奥地利不是像作品中所说的纳粹国家，但纳粹的影响确实没有完全消除；维也纳不是天才的坟墓，但这里的狭

9

隘和成见也的确让许多天才艺术家出走。他的小说不能催人泪下，但能让你忍俊不禁，让你读到在别人的小说里绝对读不到的文字，从而思路开阔，有所感悟。

伯恩哈德的戏剧作品中主人公维护自尊自立、寻求克服生存危机的方式，不像他小说的主人公那样，把自己关闭在一个地方离群索居，或在广漠的乡村，或在一座孤立的建筑物中，不能不为一个计划、一个目标全力以赴，其结局或者怪诞，或者遭遇不幸和失败；而是运用仪式和活动，他们需要别人参加，而这些人到头来并不买账，于是主人公的意图、追求的目标往往以失败告终。比如他的第一个剧本《鲍里斯的节日》（1970）中，主人公是一个失去双腿的女人，她把失去双腿的鲍里斯从残疾人收养院里接了出来并与其结婚。女人强烈地想要摆脱不能独立、只能依赖他人的处境，于是便举行庆祝鲍里斯生日的仪式。她从残疾人收养院里请来13位没有双腿的客人，满足她追求与他人处境相同的欲望，对她的健康女仆百般虐待凌辱，并令其在仪式上坐轮椅，通过对他人的贬低和奴役来克服自己可怜无助的心态，通过施恩于更可怜的人得到心理上的满足。这一天不是鲍里斯的节日，而是女主人公的节日，鲍里斯在仪式结束时突然死去。1974年首演于萨尔茨堡的《习惯的力量》中，主人公马戏班班主、大提琴师加里波第，为了克服疾病、衰老和平庸混乱的现状，决定组织一个演奏小组，让马戏班的小丑、驯兽师、杂耍演员以及自己的外孙女同他一起精心排练演出弗兰茨·舒伯特的《鳟鱼五重奏》。他利用自己的权力，恩威并施地去实现这个理想，年复一年怪诞的演练变成了马戏班的常规。目的不见了，习惯掌握了权力。尽管演奏组成员不能挣脱最基本的习性和需求，排练经常变成相互厮打，与意大利民族英雄加里波第同名的马戏班班主成了习惯力量控制的奴隶。在1974年首演于维也纳城堡剧院的《狩猎的伙伴们》中，一位只配谈论死亡供人消遣的戏剧家，在将军的狩猎屋里与将军夫人打牌，谈论将军的重病，以及当初曾为将军提供庇护的这座森林发生的严重虫灾。在斯大林格勒失掉一条胳膊的将军，有权有势的强者，在听到作家告诉他其妻一直隐瞒的真相后开枪自杀了。所谓的生存的主宰者自己反倒顷刻间毁灭，怀疑、讽刺生存境况者却生存下来。剧本《伊曼努尔·康德》（1978）中，日趋衰老的哲学家康德偕夫人，有仆人带着爱鸟鹦鹉跟随，前往美国去治疗可能会导致失明的眼病，在船上遇到各种人物：百万富婆、艺术收藏家、主教、海军将领等。在他们的日常言谈话语中隐藏着残忍和偏执。作为和谐和人道思想代表的康德，在客轮鸣笛和华尔兹舞曲的干扰中开始讲课。除了他的鹦鹉，他的关于理性的讲课没有听众。轮船到达目的地后，他立即被精神病医生接走。《退休之前》（1979）涉及德国纳粹那段历史，曾是党卫军军官的法庭庭长鲁道夫·霍勒尔与其姐妹维拉和克拉拉住在一起，每年都给纳粹头子希姆莱过生日，他身穿党卫军军官制服，强迫克拉拉穿上集中营犯人的囚服。习惯了发号施令决定他人命运的霍勒尔在家里是两姐妹的权威。一个顺从他，甚至与他关系暧昧；另一个虽然恨他，诅咒他，但又不愿意离开这个家。因为他们都习惯了自己的角色，走不出他们共同演的这出戏。在这一年希姆莱生日的这天，霍勒尔饮酒过量把戏当真了，他大喊大叫不再谨慎小心："我们的好日子回来了，我们有当总统的同事，不少部长都有纳粹的背景。"最后因兴奋激动过度，导致心脏病发作倒下。1985年伯恩哈德的《戏剧人》首演，主人公是一位事业已近黄昏的艺术家，带着他的家庭剧团巡演到了一个小村镇，要在一个简陋的舞厅里演出他的大作《历史车轮》。尽管他架子很大，对演员颐指气使，同时嘴上不断把自己与歌德和莎士比亚相提并论，但他的妻子咳嗽不停，儿子手臂受伤。好歹布置好了舞台，观众也来了百十来人，可惜天不作美，一时间电闪雷鸣，观众大喊牧师院子里着火了，随之一哄而散，演出以失败告终。他不自量力地追求声望，终究未能如愿以偿。《英雄广场》（1988）是伯恩哈德最后一部戏剧作品，犹太学者舒斯特教授在纳粹统治时期流亡国外，战后应维也纳市长邀请返回维也纳，然而当他发现50年来奥地利民众对犹太人的看法并没有任何变化时，便从他在英雄广场旁的住宅楼上跳窗自杀了。其妻在葬礼那天坐在家里，仿佛听到50年前民众在广场上对希特勒演讲发出的欢呼，欢呼声愈来愈响，她终于无法忍受昏倒身亡。教授的弟弟对奥地利这个国家、对奥地利人的批判与其兄相比有过之而无不及，但他是有远见的人，他认为用生命去抗议根本没有用处。

综上所述，我们看到作品中的主人公，或者患病，或者背负着出身的负担，或者受到外界的威胁，或者同时遭受这一切，从根本上危及其生存。于是他们致力于解脱这一切，与出身、传统和其他人分离开来，尽可能完全独立，去从事某种工作，或者追求某种完美的结果。通常他们那很怪诞的工作项目演变成为一种发自内心的强迫，作为绝对的目标，不惜一切代价要去实现，这些现代堂吉诃德式人物的绝对要求、绝对目标最后成为致命的习惯。

关于夸张手法上文已有论述，这里要补充的是，几乎伯恩哈德所有作品中的主人公都有大段的对奥地利国家激烈的极端的抨击，常常表现为情绪激动的责骂，使用的字眼都是差不多的：麻木、迟钝、愚蠢、虚伪、低劣、腐败、卑鄙等。矛头所向从国家首脑到平民百姓,从政府机构到公共厕所。怎样看这些文字? 第一,这些责骂并无具体内容,而且常常最后推而广之指向几乎所有国家。第二,这些责骂出自作品人物之口,往往又经过转述,或者经过转述的转述,是他们绝望地为摆脱生存困境而发泄出来的。譬如《水泥地》中的"我"在家乡佩斯卡姆想写论文,多年过去竟然一个字也写不出来,只好去西班牙,于是便开始发泄对奥地利的不满;在《历代大师》中,主人公雷格尔在失去妻子后的悲伤和绝望中,从追究有关当局对妻子死亡的罪责,直到发泄对整个国家的愤怒。第三,这些大段责骂的核心是针对与民主对立的权势,针对与变革对立的停滞,针对与敏感对立的迟钝,针对与反思相对立的忘记和粉饰,以及针对习惯带来的灾难和对灾难的习惯。所以,从根本上说,这些大段的责骂是作为艺术手段的夸张。但是其核心思想不可否认是作者的观点,这也是伯恩哈德作品的核心思想。事实证明,他那执着的,甚至体现在他遗嘱中的、坚持与其批判对象势不两立的立场,对他的国家产生了积极作用:1991 年,奥地利总理弗拉尼茨基公开表示奥地利对纳粹罪行应负有责任。

可惜在很长时间里,人们没有真正理解这位极富个性的作家,他的讲话、文章和书籍不断引起指责、抗议乃至轩然大波。早在 1955 年担任记者时他就因文章有毁誉嫌疑而被控告，从 1968 年在奥地利国家文学奖颁奖仪式上的获奖讲话中严厉批评奥地利引起麻烦开始，伯恩哈德就成为一个"是非作家"。1975 年与萨尔茨堡艺术节主席发生争论；1976 年他的书《原因》惹恼了萨尔茨堡神父魏森瑙尔；1978 年在《时代周报》上撰文批判奥地利政府和议会；1979 年，因不满德国语言文学科学院接纳联邦德国总统谢尔为院士而声明退出该院；同年指名攻击总理布鲁诺·克赖斯基；1984 年他的小说《伐木》因涉嫌影射攻击而被警察没收；1988 年剧作《英雄广场》在维也纳上演，舞台上，50 年前维也纳英雄广场上对希特勒的欢呼声，似乎今天仍然响在剧中人耳畔。该剧公演前就遭到围剿，媒体、某些政界人士，以及部分民众群起口诛笔伐，要取消剧作者的公民资格，某些人甚至威胁伯恩哈德要当心脑袋。公演在推迟了三周后，终于在 1988 年 11 月举行，观众十分踊跃。一出原本写一个犹太家庭的戏惊动了全国，乃至世界，整个奥地利成了舞台，全世界是观众。1989 年 2 月伯恩哈德在去世前立下遗嘱：他所有的已经发表的或尚未发表的作品，在他去世后在著作权规定的年限里，禁止在奥地利以任何形式发表。

伯恩哈德去世后，在他的故乡萨尔茨堡成立了托马斯·伯恩哈德协会，在维也纳建立了托马斯·伯恩哈德私立基金会，他在奥尔斯多夫的故居作为纪念馆对外开放。无论在德国还是在奥地利，在纪念他逝世 10 周年暨诞辰 70 周年期间都举办了各种专题研讨会、报告会和展览会。为纪念伯恩哈德诞辰 75 周年，德国苏尔坎普出版社在已出版了 35 种伯恩哈德作品的基础上，于 2006 年又开始编辑出版 22 卷的伯恩哈德全集。

今天人们对伯恩哈德的夸张艺术比较理解了，对他的幽默也比较熟悉了，他的书就是要引起人们注意那些司空见惯的事物，挑衅种种习惯的力量，揭示它们的本来面目。正如叔本华所说："真正的习惯力量，却是建立在懒惰、迟钝或者惰性之上，它希望免去我们的智力、意欲在做出新的选择时所遭遇的麻烦、困难，甚至危险。"[1]比如某些思想和观念不动声色的延续。"二战"后，人们在学校里悄悄地用基督受难像取代了希特勒肖像，但权威教育没有任何改变。他认为，从哈布斯堡王朝到第三帝国直到今天，都在竭力繁荣那艺术门类中最无妨害的音乐，在动听的乐曲声中几乎没有人发现奥地利很久没有出现像样的哲学家了。"延续不断"是灾难，而破坏、断裂则是幸运。当人们不是从字

1　叔本华：《叔本华思想随笔》，韦启昌译，上海人民出版社，2003 年，第 100 页。

面上，而是深入字里行间，真正理解了他的夸张艺术手段时，便会发现伯恩哈德作品中体现出来的现代精神。他那十分夸张的文字，有时精确得难以置信。1966年他曾写道，我们将融合在一个欧洲里，这个统一的欧洲将在下一世纪诞生。欧洲的发展进程证实了他的预言。难怪著名奥地利女作家巴赫曼早在1969年评价伯恩哈德的作品时就说："在这些书里一切都写得那么准确……我们只是现在还不认识这写得那么准确的事情，就是说，还不认识我们自己。"

伯恩哈德的书属于那种不看则不想看，看了就难以释手的书。

德国文学评论家赖希-拉尼茨基说："有些人读伯恩哈德觉得难受，我属于读他的作品觉得是享受的那些人之列。"[1]他还说："有人为奥地利文学造出一个新概念：伯恩哈德型作家，这是有道理的。耶利内克、盖·罗特和格·容克，这些知名作家经常在伯恩哈德的影响下写作。"[2]

巴赫曼评价伯恩哈德的书时说："德语又写出了最美的作品，艺术和精神，准确、深刻和真实。"[3]

耶利内克在1989年悼念伯恩哈德逝世时说："伯恩哈

1　Marcel Reich-Ranicki, *Der doppelte Boden*, Frankfurt, Fischer, 1994, p.63.

2　Marcel Reich-Ranicki, *Der doppelte Boden*, Frankfurt, Fischer, 1994, p.139.

3　Ingeborg Bachmann, *Werke*, Muenchen, Piper, 1982, Bd. 4, p.363.

德是独一无二的，我们，是他的财产。"[1]

伯恩哈德是位享誉世界的作家，同时也是位地道的奥地利作家。疾病几乎折磨了他一生，他生命的最后 10 年可以说是命运的额外馈赠，疾病磨砺了他的目光，锻炼了他的语言。正如耶利内克所说，将他变成了奥地利的嘴，去做健康者始终觉得是不得体的事：诉说这个国家的真相。奥地利的传统，尤其是哈布斯堡帝国的历史，在他身上留下了深刻的烙印，他对奥地利的批评是出自那种真正的恨爱，正是由于对奥地利的不断的批评，奥地利早已成为他生活中不可或缺的内容。尽管谁拼命地想要属于她，她就首先把谁给踢开。上奥地利是他的家乡，维也纳是他文学活动的主要场所。家乡的许多地方与他书中人物联系在一起，书中的许多场景散发着维也纳咖啡的清香。伯恩哈德书中的语言，词语的选择和构造，发音和语调，都是典型的奥地利式的，他自己曾说："我的写作方式在德国作家那里是不可想象的，顺便说一下，我当真很讨厌德国人。"[2] 顺便说的这半句就没有必要了，这就是伯恩哈德，一个极富个性的奥地利人。他的书对我们了解奥地利这个国家和她的人民是很有帮助的。这也是译者译他的书的原因之一。

1　Sepp Dreissinger, *13 Gespraeche mit Thomas Bernhard*, Weitra, 1992, p.159.

2　Sepp Dreissinger, *13 Gespraeche mit Thomas Bernhard*, Weitra, 1992, p.112.

我读伯恩哈德以来，已过去几十年，对其作品的了解在逐渐加深。首先，他喜欢大量运用多级框形结构的长句，加上他的夸张手法，他的幽默和自嘲，让你不得不反复去读，才有可能吃透他要表达的意思，才能咂摸出他作品个中滋味。他的作品文字并不艰深，结构也不复杂，叙述手段新奇而不怪诞，但是，想完全读懂伯恩哈德实属不易。赖希-拉尼茨基曾多次称，面对伯恩哈德的作品他感到发憷，他甚至害怕评论他的作品，因为找不到一种尺度去衡量，他说，伯恩哈德不是我们中的一个，他太独立特行，是极端的另类。

我们可能暂时还读不透他的书，或者可能常常误读他，但有一点是肯定的，我们在他的书中往往能读到别的书中读不到的东西，他的书让我们开阔眼界，让我们重新考虑和认识那些司空见惯的事物。读他的书你不能不佩服他写得真实，他把纷乱和昏暗的事物照亮给你看，他运用的照明工具就是夸张和重复。为了真实表现世界，他从来都走自己的路，如果说他的书中也涉及爱情的话，他决不表现情色和性欲，他的文字绝对干净，他这样做可能未免太夸张了，但他的书就是要诉之于你的头脑，启迪你思考，而不追求以种种手段调动你的情愫。他是一位令人难以忘怀的作家，他去世了，但仿佛他仍在创作，因为他的戏剧作品在不断增加，他的小说《维特根斯坦的侄子》《历代大师》等，都在他去世后相继作为戏剧作品被搬上舞台。2009年年初，他生前未发表的作品《我的文学奖》一问世，便登上了畅销书排行榜首位，之前，曾在《法兰克福汇报》上连载。

伯恩哈德离开这个世界已经30多年了，但是他的感悟、他的观点仍然能触动我们，令我们关注，他的确是一位属于未来的作家。

马文韬

2009年春于芙蓉里

2023年春修改

历代大师——一出喜剧

罚与罪相符:

剥夺一切生活之乐趣,

让其对生活产生极度的厌倦。

——克尔凯郭尔

与雷格尔相约在艺术史博物馆见面定在十一点半，十点半钟我就到了那里。为的是像我早就打算要做的那样，能够从一个尽可能理想的角度，不受干扰地去观察他，阿茨巴赫尔写道。他在那个被称为博尔多内的展厅里，上午总是坐在丁托列托[1]那幅《白胡子男人》画像对面的长椅上，昨天，他坐在这个有天鹅绒面料套的长椅上，在给我阐释了所谓《暴风雨奏鸣曲》[2]之后，继续讲述"赋格曲艺术"，他说明要从巴赫之前讲到舒曼之后，但他总是由着性子没完没了地讲莫扎特，而不是巴赫。为了观察他，我得在所谓的塞巴斯蒂亚诺展厅里确定我的位置，违背自己的欣赏趣味忍受提香[3]的作品，从这里能够观察到《白胡子男人》

1　丁托列托（Tintoretto，1518—1594），文艺复兴后期著名的威尼斯画家，作品有《圣母参拜神庙》《基督受刑》《最后晚餐》等。原名雅各布·罗布斯蒂（Jacop Robusti），因其父为染匠而得绰号"丁托列托"，意为"小染匠"。——译者注，全书下同

2　《暴风雨奏鸣曲》（Sturmsonate），贝多芬第十七钢琴奏鸣曲，作品第 31 号，作于1802 年，深受其恋人的喜爱。

3　提香（Titian，1488/1490—1576），意大利的著名画家，作品有《圣爱与俗爱》《圣母升天》《乌尔比诺的维纳斯》等。

前面的雷格尔，而且我采取站着的姿势，这没有坏处，我喜欢站立，特别是要观察人，有生以来我总是站着比坐着观察得更好，由于我从塞巴斯蒂亚诺厅聚精会神地朝博尔多内厅看去，的确能够清楚地看到雷格尔的整个侧面，甚至也没有长椅靠背的遮挡，前天夜里开始的天气骤变，毫无疑问很厉害地殃及了他，整个时间里他一直戴着黑色礼帽，就是说，我看到了对着我的他的整个侧面，我不受干扰地观察他的计划终于实现了。雷格尔身穿过冬的大衣，双手撑在夹在两膝之间的手杖上，看样子精力完全集中于观看《白胡子男人》，我一点儿都不用担心会让雷格尔发现我对他的观察。展厅服务员伊尔西格勒（耶诺！）出现了，雷格尔与他相识已有三十多年，我自己与他的交往（也有二十多年）至今一直很融洽。我向他打个手势让他注意，我要不受干扰地观察雷格尔，每逢他如钟表一样有规律地出现时，他都表现出来我仿佛根本就不在这里的样子，同样也仿佛雷格尔根本不在这里，他只是在尽他作为展厅服务员的职责，在这个免费对外开放的星期六，不知为什么参观者不像往常那么多，伊尔西格勒习惯用生硬的目光瞧他不认识的每个人，这是博物馆监视员典型的令人不悦的目光，用以震慑通常人们心目中那些行为放肆、不懂规矩的参观者；他总是悄无声息地突然出现在某一个大厅的拐角处查看四周，那样子对于那些不认识他的人的确令人讨厌；他身上的灰色制服虽然剪裁得让人难以恭维，但却被定为永久的行业服装，用大黑扣子聚拢着穿在他那瘦弱的身上，犹如挂在落地式衣架上，加之头上戴着用同一种灰色料子制作的硬壳帽，那副模样与其说像一位国家雇佣的艺术作品的守卫，不如说让人想起我们监狱中的看守。自我认识伊尔西格勒以来，尽管他并没有什么病，但脸色总是很苍白，雷格尔几十年来称他为三十五年以来供职于艺术史博物馆的国家行尸。三十六年前就开始参观艺术史博物馆的雷格尔，从伊尔西格勒在此工作的第一天就认识他了，同他保持着极为友好的关系，几年前雷格尔曾说，只需用一点点钱打理一下，就可以永远确保我在博尔多内厅那长椅上的座位。他跟伊尔西格勒之间的这一关系三十年来两个人都习以为常。每逢雷格尔想单独一人观看丁托列托的《白胡子男人》，这种情况经常出现，伊尔西格勒就关闭了这个展厅，干脆就站在大厅入口处不放人进来。雷格尔只消一个手势，伊尔西格勒就关闭了展厅，为满足雷格尔的愿望，他甚至敢把正在博尔多内厅里的参观者打发出去。伊尔西格勒曾在莱塔河畔的布鲁克学木匠手艺，还没有出师当上伙计便放弃了木匠手艺，要去当警察。因为身体单薄当警察的愿望没能实现。他的一个舅舅自一九二四年就在艺术史博物馆里当服务员，帮助他得到该博物馆的这个岗位，这份差事如伊尔西格勒所说，虽然薪水很低，但很稳定。他要去当警察图的也只是吃和穿，他觉得当上警察就解决了穿衣问题。一辈子穿着警察制服，不用自己花一分钱，全由国家供给，真是太理想了，那位把他带到艺术史博物馆的舅舅也这样想，基于这一理想，当警察还是在艺术史博物馆工作也就没有区别，不过警察局给的薪水多一些，在艺术史博物馆挣钱少一些，但是在艺术史博物馆干的事情也无法与当警察做的事情相比，伊尔西格勒不能设想，还有比在博物馆工作责任更重大同时又让人感到更轻松的工作。伊尔西格勒说，当警察每天都有生命危险，在艺术史博物馆就不是这样。不要因为他这里工作单调就认为他爱这种单调。他每天工作时走的路加起来足有四五十公里，可是这比当警察主要的事情就是一辈子坐在办公室椅子上，要更有益于他的健康。与普通人相比他更愿意监视博物馆参观者，后者不管怎么说层次比较高，有艺术欣赏力。耳濡目染他自己也逐渐地获得了这种欣赏力，他随时能当解说员带领人参观艺术史博物馆，尤其是油画展厅，他说，但他没有这个必要。人们根本就不接受对他们讲解的一切，他说。几十年来博物馆解说员说的总是那一套，像雷格尔先生说的，里边有许多胡说八道，伊尔西

28

格勒对我说。艺术史家喋喋不休地朝参观者信口开河，伊尔西格勒说，他逐渐地如果说不是把雷格尔的所有的话语，那也是把许多话语一字不差地接受下来。伊尔西格勒是雷格尔的传声筒，几乎他说的一切雷格尔都已经说过了，三十多年以来伊尔西格勒说的都是雷格尔说过的话。仔细去听，其实是雷格尔通过伊尔西格勒在说话。每逢我们听解说员讲解，听的都总是艺术史家们的胡诌八扯，听得人心烦，无法忍受，伊尔西格勒说，因为雷格尔常常这样说。所有这些油画都很了不起，但没有一幅是完美的，伊尔西格勒学着雷格尔的话这样说。人们到博物馆里来不是出于兴趣，人们对艺术没有兴趣，至少可以说百分之九十九的人对艺术没有任何兴趣，他们所以参观博物馆，只因为他们听说这是文化人应该做的事情，伊尔西格勒一字不差地照着雷格尔的话说。他，伊尔西格勒，童年很不幸，母亲四十六岁就被癌症夺去了生命，父亲有外遇，一辈子与酒相伴。莱塔河畔的布鲁克像布尔根兰州的许多地方一样也是一个很丑陋的地方。有办法的人无不离开布尔根兰，伊尔西格勒说，但大多数人都做不到，他们一辈子注定生活在这里，其可怕的程度至少可以与注定一辈子被监禁在多瑙河畔的施泰因相提并论。布尔根兰人是囚犯，伊尔西格勒说，他们的故乡是监牢。他们自己宽慰自己，说他们的故乡相当美，但事实上布尔根兰州既乏味而又丑陋。冬天的大雪让他们窒息，夏天他们成了蚊虫的食品。春天和秋天里，布尔根兰人在他们自己的泥污中跋涉。伊尔西格勒说，在整个欧洲没有比布尔根兰更可怜、更肮脏的地方了。维也纳人总是劝说布尔根兰人相信，布尔根兰是一个美丽的地方，维也纳人热爱布尔根兰的肮脏和迟钝，觉得那其实很浪漫，因为维也纳人具有维也纳式的乖谬和反常。伊尔西格勒说，如雷格尔先生所说，布尔根兰除了有个海顿先生，没有任何值得称道的了，我来自布尔根兰，可以说就等于来自奥地利监狱。或者来自奥地利疯人院。他说，布尔根兰人到维也纳就像去教堂。几天前他说，布尔根兰人的最大愿望就是到维也纳当警察，我没有当成警察，因为我人长得瘦，身子骨单薄。但是我毕竟在艺术史博物馆里当上了展厅服务员，我也就是国家雇员了。他说，晚上六点钟后，我不是把罪犯锁在里面，而是艺术品，我把鲁本斯[1]关在里边，还有贝洛托[2]。伊尔西格勒说，他的舅舅第一次世界大战后就进艺术史博物馆工作，他家里人无不妒忌他。他们过几年就到艺术史博物馆来参观一次，总是在免费开放的星期六

1　彼得·保罗·鲁本斯（Peter Paul Rubens，1577—1640），佛兰德著名画家，巴洛克时代著名艺术家，作品有《强劫留西珀斯的女儿们》《博士来拜》等。

2　贝纳多·贝洛托（Bernardo Bellotto，1720—1780），意大利威尼斯画派风景画家，以其为德累斯顿、维也纳、都灵、华沙等欧洲城市创作的风景画闻名。

或星期日，他们总是诚惶诚恐地跟随他参观那些展示大师们的大厅，对他穿的制服惊叹不已。自然舅舅不久就升为服务员领班，在制服上装的翻领上戴着铜制的星章。每逢他带着他们在大厅里参观时，他们心里满怀着崇敬和羡慕，对他的讲解却什么也听不懂。几天前伊尔西格勒曾说，对他们讲韦罗内塞[1]毫无意义。伊尔西格勒说，我姐姐的孩子们特别赞叹我穿的柔软的皮鞋，我姐姐呢，能站在雷尼[2]的画前半晌未动，偏偏盯上这里展出的画家中最乏味的一个。雷格尔恨雷尼，于是伊尔西格勒也恨雷尼。伊尔西格勒在学说雷格尔话语方面已掌握了很高的技艺，我想，几乎可以惟妙惟肖地体现出雷格尔的语调。伊尔西格勒说，我的姐姐来看望我，而不是博物馆，她根本就对艺术不感兴趣。可是她的孩子们不一样，我带他们参观博物馆时，他们对看到的一切都感到惊奇。伊尔西格勒说，他们在委拉斯开兹[3]的画前停住脚步，不想动弹。伊尔西格勒说，雷格尔先生是一位很慷慨的人，曾邀请我和我的家人去普拉特[4]，那是

---

1 保罗·韦罗内塞（Paolo Veronese，1528—1588），16世纪威尼斯画派主要画家，著名色彩大师，作品有《加纳的婚礼》《威尼斯的凯旋》等。

2 圭多·雷尼（Guido Reni，1575—1642），意大利博洛尼画派油画家、版画家，作品有《曙光》《阿塔兰忒和希波墨涅斯》等。

3 迭戈·委拉斯开兹（Diego Velázquez，1599—1660），西班牙画家，作品有《宫娥》《纺织女》《教皇英诺森十世肖像》等。

4 普拉特（Prater），维也纳一个休闲的去处，那里有一座大游乐场。

一个星期日晚上，当时他的夫人还没有去世。我站在那里观察雷格尔，他仍然还如所说的那样全神贯注地注视着丁托列托的《白胡子男人》，同时看到了根本就不在博尔多内大厅的伊尔西格勒，他在讲述他的身世，就是说眼前出现了上周观察到的伊尔西格勒的情景，还有雷格尔，他坐在有天鹅绒面料套的长椅上，自然还没有发现我。伊尔西格勒说，从儿时起他最大的愿望就是到维也纳警察局工作，当警察。他从未想过要从事别的职业。当人们在罗绍尔兵营经检查证明他体弱时，当时二十三岁的伊尔西格勒确实感觉仿佛世界末日来临。在极其绝望中是他舅舅为他找到了在艺术史博物馆当差的这份工作。他只带一个因长年使用已磨得发亮的手提包来到维也纳，他舅舅让他在自己家里待了四周，然后伊尔西格勒在默尔克城堡街租了一间房，一住就是十二年。头几年里他对维也纳可以说一无所知，大清早还不到七点钟就去艺术史博物馆上班，晚上六点钟以后才回家，在所有这些年里，中午这顿饭是在一个小更衣室的衣架后头就着从自来水龙头里接的一杯凉水，吃一根小香肠和一块奶酪面包。布尔根兰人最节俭，我年轻时在各种各样的工地上同他们一起干过活，住在一个工棚里，知道他们如何简朴，他们生活上的要求最低，到月底的确能省下工资的百分之八十，甚至更多。我一面注视着雷格尔，以前所未有的认真去观察他，同时我面前出现了一周前我和伊尔西格勒一起站在巴托尼展厅里的情景，听着他讲话。他说他的一位曾祖父原籍蒂罗尔，他的名字就是打那儿来的。他有两个姊妹，妹妹在六十年代才和一个来自马斯特堡的理发馆伙计移居南美，在那里因思念家乡郁闷而死，时年三十五岁。他有三个兄弟，现在都在布尔根兰靠做一些辅助工作维持生活。其中的两位像他一样也曾到维也纳想当警察，但都没有被录用。想在博物馆工作，那人一定要有点才智。他说他从雷格尔那里学了很多东西。有些人说雷格尔精神不正常，几十年了，除星期一外，每隔一天都要到艺术史博物馆油画展厅里来，只有疯子才会这样做，但是伊尔西格勒不相信，他说雷格尔先生是一位有文化有智慧的人。是的，我对伊尔西格勒说，雷格尔先生不仅仅是一位有文化、有智慧的人，而且也是位著名人物，不管怎么说，他在莱比锡和维也纳大学里学习过音乐，为《泰晤士报》写过音乐评论，今天仍然在为《泰晤士报》写，我说。他不是一个普通的评论者，我说，不是夸夸其谈者，而是一个真正意义上的音乐研究家，具有学问大家的严肃认真的态度。雷格尔与那些副刊上娱乐性通俗音乐评论文章的作者不可同日而语，他们每天在这里的报纸上喋喋不休地散布文化垃圾。雷格尔的确是哲学家，我曾对伊尔西格勒说过，是地地道道的哲学家。三十多年来他一直为《泰晤士报》撰写评论，这些简短的音乐哲学文章，有朝一日肯定会结集成书公之于众。雷格尔在艺术史博物馆的逗留，无疑是使他能如今天这样为《泰晤士报》写文章的诸多前提条件之一，我对伊尔西格勒说，不管他是否理解我的话，也许他根本就没有明白我说的话，我当时想，现在同样也这样想。在奥地利没有人知道雷格尔为《泰晤士报》撰写音乐评论，最多也只有个把人知道，我对伊尔西格勒说。可以说，雷格尔是一位没有公职的哲学家，我对伊尔西格勒说，尽管对他说这些，事实上是愚蠢的。在艺术史博物馆雷格尔能找到在别处找不到的，我对伊尔西格勒说，对他的思考和对他的写作最重要、最有益的一切。让那些人认为雷格尔是个疯子好了，他不疯，我对伊尔西格勒说，在维也纳和在奥地利人们不拿他当回事，我对伊尔西格勒说，但是在伦敦、英国，甚至在美国，人们知道雷格尔是怎样一个人，他是一位怎样的专家，我对伊尔西格勒说。您不要忘记艺术史博物馆这里全年的理想温度是十八摄氏度，我又对伊尔西格勒说。他只是点点头。在全世界音乐学界雷格尔都是一位十分受人尊敬的人物，我昨天对伊尔西格勒说，与此相反，在他的祖国却没有人承认这一点，更有甚者，在自己的国家里，这位在他那个领域里的领军人物，这位远远超出那些可憎、狭隘、拙劣的假内行们的专家，却遭到嫉恨，我对伊尔西格勒说，雷格尔在他的祖国奥地利不是被爱戴，而是被仇恨，我对伊尔西格勒说，没有考虑到伊尔西格勒根本就不懂得我说的意思是什么，我对他说，像雷格尔这样一位天才在这里遭到仇恨，我这样说没有考虑到，称雷格尔为天才是否确实对头，我想雷格尔肯定是一位学术研究方面的天才，甚至可以说是一位具有人的正常情感和理性的天才。天才和奥地利不相容，我说。在奥地利你得做一个平庸的人，才能有发言的机会，才能受到重视，得做一个一知半解、狭隘虚伪的人、一个绝对只有小国思维的人。一个真正的天才，尤其是一位杰出的人物迟早有一天会让人以极不光彩的方式灭掉，我对伊尔西格勒说。在这个可怕的国家里，只有极少数像雷格尔这样的人能够经受住蔑视、仇恨、压制、否认，以及无所不在的、手段卑劣的对精神的敌视，只有像雷格尔这样的人能经受得住，他们有卓越的个性，他们思想坚定、敏锐、不容动摇。雷格尔先生与博物馆女馆长之间的关系并非有什么扞格，我对伊尔西格勒说，但是，他就是在梦里也永远不会想到，要请她在他与博物馆之间的任何事情上帮忙。正当雷格尔先生打算告诉博物馆管理部门，也就是女馆长，展厅中长椅的座套状况不佳，并尽可能使其同意制作新的座套时，那些长椅换上了新的座套，我对伊尔西格勒说，而且这些新座套很有品位。我对伊尔西格勒说，我不相信博物馆领导部门知道，雷格尔先生三十多年来每隔一天就到博物馆里来，在博尔多内展厅的长椅上就座，我不相信。假如他们知道，那肯定某次雷格尔与女馆长会晤时谈到了此事，据我所知女馆长对此事并不知晓，雷格尔先生对此三缄其口，而您，伊尔西格勒先生也总是秘而不宣，因为雷格尔先生希望您不要把他三十多年来除星期一外每隔一天就来艺术史博物馆一事泄露出去。守口如瓶，这是您的强项，我对伊尔西格勒说，我想，同时我在观察雷格尔，雷格尔在观看丁托列托的《白胡子男人》，这时他又在伊尔西格勒的视线之中。雷格尔不是一般的人，与不同寻常的人交往得谨慎，我昨天对伊尔西格勒说。我们，也就是说我和雷格尔，连续两天造访艺术史博物馆，这是不可想象的，我昨天对伊尔西格勒说，偏偏我今天破例来到这里，同样雷格尔也正巧今天来，他到底因为什么破例，我不知道，我想我不久会清楚的。伊尔西格勒今天看到我也感到特别吃惊，因为就在昨天我还对他说连着两天到博物馆里来是绝对不可能的，迄今为止对雷格尔来说也是不可能的。但是现在我们俩，雷格尔和我，在昨天已经来过艺术史博物馆之后，今天又来了。我先前就想这一

36

定让伊尔西格勒莫名其妙了，我现在也这样想。偶尔弄错了，第二天又来了，这也是可能的，我想，但是我考虑这只能是比方说雷格尔自己弄错了，或者我自己弄错了，怎么可能我们俩同时弄错。雷格尔昨天明确地对我说，请您明天到这里来，我现在还记得他说话时的情形。但是伊尔西格勒自然什么也没听到，对此一无所知，自然也就感到奇怪，雷格尔和我今天又到博物馆里来了。假如雷格尔昨天没有对我说，请您明天到这里来，我今天也就不会到艺术史博物馆里来，可能到下周才来，我与雷格尔不一样，他确实每隔一天就来这里，三十年来持之以恒，我不是每隔一天就来这里，来还是不来博物馆，得看我正好有没有兴趣。跟雷格尔见面不一定非到艺术史博物馆，只要去国宾饭店就行了，他在离开艺术史博物馆之后总是去那里。我如果愿意每天都可以在那里见到雷格尔。他总是坐在国宾饭店靠窗户的角落里，他的桌子在所谓犹太人桌的旁边，如果从雷格尔的桌子朝大厅之门望去，这犹太人桌在匈牙利人桌的前面，匈牙利人桌在阿拉伯人桌后面。与去艺术史博物馆相比，我自然更喜欢去国宾饭店，但是假如我不能等雷格尔到国宾饭店来，那我就在差不多十一点钟时去艺术史博物馆找雷格尔，去会他，我的思想之父。雷格尔上午在艺术史博物馆，下午在国宾饭店，大约十点半钟去艺术史博物馆，大约两点半钟去国宾饭店。一直到中午他感到艺术史博物馆的十八度温度很好，下午他觉得温暖的国宾饭店更舒适，这里的温度总是二十三度。雷格尔说，下午我不太愿意思考，不再那样动脑筋，所以我可以从容地待在国宾饭店。艺术史博物馆是他的精神生产地，他说，国宾饭店可以说是我的思想初加工的机器。在艺术史博物馆我有种被丢弃的感觉，在国宾饭店感到很安全，他说。艺术史博物馆和国宾饭店两者之间的这种对立是我思考最需要的，一方面是被丢弃的感觉，另一方面是得到庇护的安全感；一方面是艺术史博物馆那种气氛，另一方面是国宾饭店这里的环境；一方面是处在无遮无掩的状况下，另一方面是置身于得到庇护的安全和稳妥中。我亲爱的阿茨巴赫尔，我思考的秘密就在于，他说，我上午在艺术史博物馆下午在国宾饭店，没有哪里比艺术史博物馆，就是说艺术史博物馆里的油画展厅和国宾饭店之间更对立的了。他说，但是无论是艺术史博物馆还是国宾饭店，都同样地成为我精神方面的习惯事物。我三十四年以来与《泰晤士报》合作，为其撰写音乐评论，这些评论的质量，其学术水平，他说，确确实实归功于我对艺术史博物馆和国宾饭店的造访，我每隔一天上午去艺术史博物馆，每天下午去国宾饭店。在我妻子去世后拯救我的，让我仍然活在这个世界上的，不是别的，仅仅是这个习惯。我亲爱的阿茨巴赫尔，没有这个习惯我也就活不成了，他昨天说，每个人都需要这样一种习惯才能生存，他说，哪怕这个习惯是最荒唐的，但他需要它。雷格尔的心境似乎变好了，他的说话方式又同他妻子去世前一样了。虽然他说，他已经克服了那所谓悲痛欲绝的境地，但他的妻子离他而去，这痛苦使他有生之年无法从中解脱。他总是说，他若比妻子先死，他若把妻子一人丢在这个世上，那他就铸成了终身大错，由于他妻子的死来得突然，在妻子去世的几天前他还坚信她将比他寿命长，她是健康人，我是病人，从这个观点和信念出发，他说，我们会永远一起活着。没有人曾像我妻子那样健康，她一辈子都健康地生活着，而我总是生病，一辈子都是个垂死的病人，他说。她是健康者，是将来；我永远是病人，是过去，他说。他从未意识到有朝一日会失去他的妻子孤独一人生活，他说，我脑子里没有这种想法。假如她先我而亡，那么我会跟随她而去，尽可能快地死去，他总是这样想。现在他不得不同时应对两个方面：一方面他错误地坚信他先于她而死，另一方面，他在她去世后没有自杀，没有像他一直打算的那样，跟随她而去。我亲爱的阿茨巴赫尔，他说，由于我一向知道她是我的一切，因此我自然不可能设想在她去世后我仍然还活着。他说，由于人性的弱点，确实有损人尊严的弱点，由于怯懦，我并没有跟随她而去，他说，我没有在她死后自杀，相反我觉得（他昨天这样说！）我变得坚强了，最近我觉得我比以往任何时候都坚强。不管您相信与否，我比先前更依恋生活，现在我确实是难以克制地抓住生活不放松，他昨天说。我不愿意承认这一点，但是我现在的确比她去世前活得更充实。当然为了能够做到像今天这样考虑问题，我用了一年多的时间，现在我这样考虑已经不再不好意思，他说。使我感到特别郁闷的是，像我妻子这样一个拥有巨大接受能力的人，带着经我传授给她的广博知识离开了人世，就是说把这些巨大的知识积累通统带进了坟墓，真是难以置信，这比她死去更不可思议，他说。我们把我们所拥有的一切知识掏出来给了这样一个人，而她离开了我们，死去了，永远离开了我们，他说。而且她的死突如其来，我们没有预见到这个人的死，我不曾有片刻预想到我妻子的死，他说，仿佛她确实带着我的知识作为永恒生活进了永恒，他说。确实她的死来得太突然，他说。我们把这样一个人的生命视为永恒，这是错误的。若是我知道她会先我而亡，那我的做法就是另一个样了，可是我不知道她会比我先走一步，我的做法毫无意义，仿佛她的生命会进入无限，而实际上，她的生命不是为无限而生成的，像我们

40

大家一样是有限的。只有当我们像我爱我妻子一样毫无保留、毫无拘束地去爱一个人，我们确实就会相信，这个人会永远活着，他的生命无限。雷格尔还从未头上戴着礼帽坐在博尔多内展厅的长椅上，他约我今天到艺术史博物馆，这件事让我吃惊，这的确极不寻常，超出了我的想象，同样让我吃惊的是他头上戴着礼帽坐在博尔多内展厅的长椅上，的确极不寻常，还不要说另外一系列与此相关的不寻常的事情。这时伊尔西格勒走进博尔多内展厅朝雷格尔走去，对着他的耳朵悄声说了些什么，然后又离开了博尔多内展厅。伊尔西格勒的话至少从外表上看对雷格尔没产生什么影响，仍然像伊尔西格勒进来跟他小声说话之前一样坐在长椅上。但是我心里却在琢磨伊尔西格勒可能告诉雷格尔了些什么呢。我立刻又不去琢磨伊尔西格勒可能告诉雷格尔什么，而是去观察雷格尔，同时耳边响起了他昨天对我说的话：人们参观博物馆，是因为应该这样做，没有别的理由，人们甚至从西班牙、葡萄牙来到维也纳参观艺术史博物馆，为了回到西班牙和葡萄牙家里能够说他们到过维也纳的艺术史博物馆，这其实是很可笑的事情，艺术史博物馆不是普拉多博物馆[1]，也不是里斯本博物馆，维也

1　普拉多博物馆（Museo del Prado），马德里的艺术博物馆，收藏极其丰富的西班牙绘画以及其他欧洲画派的杰作。

纳艺术史博物馆同它们相比那是小巫见大巫。艺术史博物馆甚至没有戈雅[1]的作品，没有格列柯[2]的作品。我在注视雷格尔，观察他，同时听到他昨天对我说的话。艺术史博物馆甚至于没有戈雅的画，甚至于没有格列柯的画。自然可以没有格列柯，他不是真正伟大的、数一数二的画家，雷格尔说，但是没有戈雅，对一座像艺术史博物馆这样的博物馆来说那简直是致命的缺失。没有戈雅，他说，哈布斯堡人竟能干出这种事情，如您所知，他们没有艺术头脑，他们有感受音乐的听觉，但没有艺术头脑。他们听过贝多芬，但他们没有看见过戈雅。他们不要戈雅。他们给贝多芬以狂欢节般的自由，因为他们觉得音乐是没有危险的，但是他们不允许戈雅进入奥地利。可不是嘛，哈布斯堡人的趣味与天主教臭名昭著的趣味如出一辙，这个博物馆是天主教趣味在当家。艺术史博物馆的趣味就是那声名狼藉的哈布斯堡的艺术趣味，排斥、憎恶高雅艺术。我们对那些与我们毫不相干的人讲啊讲啊，他说，因为我们需要一个传声筒。我们需要倾听者，他说，需要传声筒。我们一辈子希望有一个理想的传声筒，却无法找到，因为它不存

---

1 弗朗西斯科·戈雅（Francisco Goya，1746—1828），西班牙著名画家，作品有《着衣的玛哈》《裸体的玛哈》《1808 年 5 月 3 日夜枪杀起义者》等。

2 埃尔·格列柯（El Greco，1541—1614），西班牙著名画家，作品有《受胎告知》《拉奥孔》《揭开第五印》等。

在。他说，现在我们有一个伊尔西格勒，我们难道不是一直在寻找一个伊尔西格勒吗，寻找一个理想的伊尔西格勒吗？我们将一个很普通的人变成我们的传声筒，当我们把这个很普通的人变成我们的传声筒之后，我们又寻找另一个传声筒，寻找另一个适合作我们的传声筒的人，他说。在我妻子去世后，我至少有这个伊尔西格勒，他说。伊尔西格勒在到我这儿来之前，像所有布尔根兰人一样，只不过是一个布尔根兰的蠢货，雷格尔说。我们需要一个蠢货作我们的传声筒，雷格尔说，一个布尔根兰的蠢货是十分合适的传声筒。他昨天说，您要正确理解我的话，我很看重伊尔西格勒，我现在需要他如同需要一块面包，我用了他几十年了，只有像伊尔西格勒这样一个蠢人才可用作传声筒。他昨天说。我们自然是把这样一个傻瓜当作人来利用，可话又说回来，正是由于我们利用他，才把这样一个傻瓜变成了一个人，我们将他作为我们的传声筒，把我们的思想硬挤压到他的头脑中，我们承认开始时我们相当无所顾忌，可是我们如此这般把一个布尔根兰蠢货变成了一个布尔根兰人。伊尔西格勒在遇到我之前，比方说对音乐一窍不通，对艺术一窍不通，他根本就什么也不懂，包括他自己的愚蠢。现在的伊尔西格勒可不一样了，他比那些整天把艺术史挂在嘴上的人强多了，这些人天天到这里来，用他们那些关于艺术史的胡说八道充塞参观者的耳朵，他们每天赶着十几个班的学生经过博物馆的展厅，用他们那些喋喋不休的蠢话去毁掉这些幼稚孩子们的一生。伊尔西格勒可比这些卖弄艺术史知识的蠢猪强多了。研究艺术史的人实际上是消灭艺术的人，雷格尔说。艺术史家鼓唇弄舌谈论艺术，直至把艺术谈论得寿终正寝。艺术活生生地被艺术史家谈论致死。雷格尔说，在这儿我坐在长椅上，每逢看到那些搞艺术史的人赶着一拨一拨茫然无助的参观者走过，我经常想，这些参观者真是太可怜了，搞艺术史的这帮家伙把艺术从这些人身上给驱逐了，彻底地给赶跑了。雷格尔说，搞艺术史这帮人的这种生意是生意当中最卑鄙的，一个喋喋不休的搞艺术史的人，搞艺术史的人都喋喋不休，活该让人用鞭子抽，活该让人用鞭子赶出艺术世界，他说，对一切搞艺术史的人都应该这样对待，搞艺术史的人就是真正的消灭艺术的人，我们不应该允许他们这些人消灭艺术。他说，每逢我们听他们谈论艺术，我们都会觉得恶心，他说，我们听他们谈论，同时我们看到他们谈论的艺术如何正在被消灭，艺术史家用他们的胡说八道使艺术萎缩，把艺术毁灭。他说，成千上万的艺术史家在喋喋不休地谈论艺术、毁坏艺术。艺术史家的确是杀害艺术的刽子手，如果我们去倾听他们的谈论，那么我们就是这些刽子手的帮凶，

44

哪里有艺术史家出现，那里的艺术就被毁掉，这是事实。雷格尔说，因此在我这一生里没有什么比艺术史家让我更恨的了。雷格尔说，听伊尔西格勒对一个一无所知的参观者讲解一幅画，会让人感到真正的快乐，他在解释艺术作品时从不喋喋不休，他不是个夸夸其谈的人，只是一位谦虚的启蒙者、讲述者，他让艺术作品向其观赏者敞开，而不是通过胡说八道将其封闭。在几十年的岁月里我教会了他，伊尔西格勒，这种讲解方式，教会了他如何把讲解艺术作品作为观看的过程。雷格尔说，自然伊尔西格勒所讲的一切都来自我，他自然不会有他自己的东西，但是他有的是我脑子里最好的东西，虽然他是学到手的，但遇到具体情况时的确很有用处。所谓造型艺术对一位像我这样的音乐研究者来说非常有用，雷格尔说，我越是集中精力研究音乐学，越是固执地倾心于音乐学，我就越迫切地去与造型艺术打交道；反过来，一位画家如果献身于音乐，就是说他决定一辈子去绘画，同时也一辈子去从事音乐的研究，那是很有裨益的。他说，造型艺术极好地为音乐艺术提供补充，这一个对另一个总是大有好处。他说，如果我不同时与造型艺术，尤其是绘画打交道，我对音乐的研究要有成就是不可设想的。我从事音乐研究所以做得还不错，那是因为我同时同样热衷于、同样强烈地从事美术方面的

45

研究。三十多年来我坚持到艺术史博物馆并非白耽误工夫。别人上午去酒馆喝上三四杯啤酒，我却坐在这里观看丁托列托。您想必认为这也许是疯癫，但我不能不这样做。别人几十年最高兴最习惯做的事情是上午去酒馆里喝上三四杯啤酒，而我去我的艺术史博物馆。别人上午十一点左右痛快地泡一个澡准备去抵挡一天的劳累，我去我的艺术史博物馆，雷格尔说，我们在那里有一个伊尔西格勒，我们享受到很好的服务。事实上我从儿时起最恨的莫过于博物馆，他说，从我本性来说就恨博物馆，可能正是这个原因我三十多年来一直坚持到博物馆这里来，我还经受得起这毫无疑问颇为荒诞的精神行为。您是知道的，我到博尔多内展厅不是因为博尔多内，甚至也不是因为丁托列托，虽然我认为他的《白胡子男人》是有史以来人们创作的最杰出的油画之一，我到博尔多内展厅里来是因为这长椅，因为这里影响我情绪的光线很理想，因为这里的室内温度确实很理想，因为伊尔西格勒，只有在博尔多内展厅伊尔西格勒才是理想的伊尔西格勒。实际上我从来都无法忍受比方说站在委拉斯开兹附近。更不要说在里戈[1]和拉吉利埃[2]附

---

1 亚森特·里戈（Hyacinthe Rigaud，1659—1743），法国巴洛克时期的肖像画家，作品有《路易十四肖像》等。

2 尼古拉·德·拉吉利埃（Nicolas de Largillière，1656—1746），法国历史画家、肖像画家，作品有《美丽的斯特拉斯堡女孩》等。

近了，我躲避他们如同瘟疫。在这博尔多内展厅里我能够最好地进入沉思默想，如果我有兴趣可以坐在长椅上读点什么，比方说读我喜欢的蒙田，或者也许我更喜欢的帕斯卡，或者我特别喜欢的伏尔泰，如您所看到的，我喜欢的作家全都是法国人，没有一位德国人，那么我就可以坐在这里读它们，最惬意，也最有益处。博尔多内展厅是我的思考和阅读室。如果我什么时候高兴了想喝口水，我都不用站起身来，伊尔西格勒会给我拿来一杯水。有时人们看到我坐在长椅上读伏尔泰，还一边喝着水，会感到吃惊，他们会摇摇头然后走开，那样子仿佛认为我是个疯子，享有国家所允许的愚人的自由。在家里多年来我已经不再读书了，在博尔多内展厅我已经读了几百本书，但这不等于说，所有这些书我都在博尔多内展厅里读完了，我还从来没有读完一本书，我读书的方式是天赋很高的那种翻阅者的读书方式，这样一个人宁可翻阅而不是阅读，在读一页之前他可能已经翻阅了几十或几百页了；这唯一的一页他读得比任何人都彻底，会令人难以设想地投入。我与其说是阅读者不如说是个翻阅者，我给您讲，我像喜欢阅读一样喜欢翻阅，在我一生中翻阅的次数比阅读要多出百万倍，说到读书的乐趣，地地道道的精神上的乐趣，翻阅给予我的至少总是像阅读一样多。雷格尔说，我们拿来一本比方说四百页的书，总的来说我们只精读其中的三页，而一个普通阅读者则从头到尾把书里的一切都读了，但没有一页是精读的，是彻底读的，相比之下，我们的方式当然是更好了。一本书我们高度集中地读它十二页，像通常所说的那样，完全把它吃透，要比像普通读者那样阅读书的全部更好，这样阅读到头来对他所读的书的了解，就如同乘飞机旅行的人对他飞越过去的风景的了解，都是所知甚少。他甚至于连大概的轮廓也没有获得。今天人们都是这样飞快地去阅读一切，他们阅读全部，但却一无所知。我走进一本书，就在它上面安顿下来，倾注全部精力，您要想到，比方说用来阅读一部哲学著作的一页或者两页，仿佛我进入一个风景区、一处大自然、一个国家，或者也可以说世界的一个很小的局部，全力以赴地，而不是只拿出部分力量、半心半意地，深入到这世界的很小局部当中去，去研究它，竭尽全力将它研究透彻了，然后就可以举一反三达到推断认识全部的目的。他说，阅读全部的人，什么也读不懂。不必非读全部歌德、全部康德，也不必去读全部叔本华；阅读几页"维特"、几页"亲和力"[1]就行了，最后我们对这些书的了解要比从头到尾的全部阅读多得多，后者肯定使阅读变得索然寡味。我

1　指歌德的小说《少年维特之烦恼》与《亲和力》。

们这种阅读方式体现了严格的自我限制，做到这一点需要很大的勇气和罕见的精神力量，我们自己也难得涌现出这样的精神力量；一个阅读者像肉食动物一样饕餮，像肉食动物因令人厌恶的贪婪而伤了胃和整个躯体的健康那样，损害了头脑和整个精神生活。即使是一篇哲学论文，如果我们一口气将它全部吃下去，那只能囫囵吞枣，食而不知其味，要想更好地读懂它，我们应该选出一个细节来读，然后如果我们幸运的话可以由此理解全部。我们最感兴趣的是那些片段，就像我们在生活中，每当我们把生活作为片断去关注，那我们才有生活的乐趣，"完整"是何等的可怖，归根到底现成的完美是何等的可怖。如果我们有幸把完整，把现成，甚至把完美变成片断，如果我们这时阅读它，那阅读对我们来说，才是高度的，或许是最高的享受。我们这个时代作为整体早就使人无法忍受了，雷格尔说，只有在我们能看到片断的地方，那里才是可以忍受的。完整、完美，都是无法忍受的，他说。因此我觉得归根到底艺术史博物馆这里所有的绘画都是无法忍受的，说实话简直是可怕的。为了能忍受它们，我试图在每一件具体的作品中寻找所谓严重缺失，他说，迄今为止我用这种方法无不所向披靡，把每一件这些所谓完美艺术作品都变成了片断。他说，完美不仅时时刻刻有毁掉我们的危险，而且它实际上也正在毁灭我们，这里挂在墙上的、被称为杰作的所有作品都在毁灭我们。我的出发点是，根本就不存在完美和完整，每当我把这里挂在墙上的一件所谓完美的艺术作品变成片断，我就前进了一步，我的方法是长久地在这件作品中寻找严重的缺欠，寻找导致完成这件作品的艺术家失败的关键之处，不达目的决不罢休。我还没有失败过，在每一件这些所谓杰出艺术品中，我都发现了严重的缺欠，发现了作者的失败之处。三十多年来，我这种您可能认为是不光彩的图谋无一不如愿以偿。这些所谓闻名世界的艺术杰作，不管是谁创作的，事实上没有一件是完整的和完美的，他说。这让我感到欣慰。归根到底这个事实让我感到幸福。只有当我们一再想到不存在什么完整和完美时，我们才可能继续生存下去。我们无法忍受完整和完美。他说，我们要去罗马实地证实圣彼得大教堂是一座乏味的拙劣之作，贝尔尼尼 [1] 的祭坛折射出建筑思想的迟钝和平庸。我们要从各个方面去观察教皇，亲自去发现，去证明总的来说他与我们这些人一样，同样是一个求助无望的怪诞的人，然后我们才能忍受他。我们要去反复地听巴赫，听出

---

[1] 吉安·洛伦佐·贝尔尼尼（Gian Lorenzo Bernini, 1598—1680），意大利雕刻家、建筑家、戏剧家和画家，最终完成了罗马圣彼得大教堂的建设，著名雕塑作品《大卫》的作者。

来他是怎样失败的，去反复听贝多芬，听出他是如何失败的，即使莫扎特，只要我们反复地听，也能听出来他是如何失败的。如此这般我们也可以来对付所谓大哲学家，他说，哪怕是我们最喜欢的精神大师。我们喜欢帕斯卡，不是因为他完美，而是说到底因为他的茫然，如同我们喜欢蒙田，是因为他那一辈子寻求着的、但终究一无收获的无可奈何的状态，喜欢伏尔泰因为他的一筹莫展。我们喜欢哲学和整个精神科学，从总体上说是因为它的绝对茫然和无可奈何。我们真正喜欢的书只是那些不完整的、杂乱无章的和茫然无助的。雷格尔说，对待任何事物都是如此，一个人也好，我们所以特别喜欢他，也是因为他的茫然，他的不完整，因为他的杂乱无章和不完美。是的，比如说，格列柯画得很好，但是这位好人不会画手！比如说韦罗内塞，画得也很好，但是这位好人不会画一幅自然的面孔。他昨天说，我今天对你们说过关于赋格曲，所有的作曲家都算上，包括那些最杰出的，没有一位谱写过完美的赋格曲，包括巴赫这位早已进入不惑境地的构造乐曲的大手笔。不存在完美的绘画，不存在完美的书，不存在完美的音乐作品，雷格尔说，这是真理，这个真理使像我这样一生都处在绝望中的一个人能够继续生存下去。头脑应该是一个在寻找的头脑，去寻找瑕疵，寻找缺点，寻找失败。人的

51

头脑只有去寻找人类的缺点才称得上是人的头脑，如果不去寻找人类的缺点，它就不是人的头脑。雷格尔说，一个好的头脑是寻找人类缺点的头脑；一个非凡的头脑是一个去寻找人类的缺点，并能找到的头脑；一个天才的头脑是这样一个头脑，它在找到缺点之后还能指出来，并且利用一切其拥有的手段指给人看。在这个意义上，雷格尔说，平常几乎总是无意识说的去寻找就得到这句话就得到了证实。雷格尔说谁在这座博物馆里在这几百幅所谓杰出作品中寻找错误，他一定会找到。在这个博物馆中没有一幅作品是没有错误的，我认为。您可能觉得可笑，可能让您吃惊，他说，但我觉得欣喜。这也是我为什么三十多年来坚持到艺术史博物馆来的理由，而不是到对面的自然史博物馆。他仍然还戴着礼帽坐在长椅上，确实静止不动，很清楚他现在早就不再观看《白胡子男人》，而是看位于《白胡子男人》后面的某种东西，不是丁托列托，而是博物馆外面的某种东西，而我自己这时虽然在观察雷格尔和《白胡子男人》，然而看到的是雷格尔后面，昨天给我讲解赋格曲的雷格尔。我已经多次听他讲解赋格曲，以至于昨天我并没有兴趣注意地听他讲，虽然他讲什么我也跟着听，他讲的比方说关于舒曼如何尝试创作赋格曲是很有趣的，但我的思想已不在这里，到了另外什么地方。我看着雷格尔坐在长椅上，看着他后面的《白胡子男人》，看着雷格尔，他又一次比以往更加亲切地试着给我讲解赋格曲艺术，听着雷格尔讲，却看到了我的童年，听到了我童年时代的声音，我兄弟姐妹的声音，我母亲的声音，住在农村的我外公外婆的声音。我儿时在农村的日子很幸福，但是我感到更幸福的是在城市，后来也如此，现在在城里要比在农村幸福得多。就如同我总是在艺术中比在自然中更觉幸福，有生以来自然对于我就是阴森可怕的，而在艺术中我总是觉得有安全感。我的童年主要是在外公外婆的照料下度过的，总的说来我觉得那时的我的确很幸福，那时在他们的庇护下感到很安全，在所谓的艺术世界里备受呵护，不是在自然中，虽然我始终对自然感到惊奇，但是同样也感到害怕，这种情况至今没有改变，我在自然中没有一刻感觉到在家里那种舒适，而在艺术中我有这种感觉，在音乐世界中我感到最安适。就我的回忆所及，在这个世界上没有什么比音乐更让我喜爱，我想着，我的目光通过雷格尔，从博物馆出去，进入了童年时代。我始终喜欢这种穿越时空直击早已逝去的童年时代的目光，我总是想，哪怕这目光永不停止，我也让自己完全沉湎其中，尽我所能充分利用它。雷格尔的童年是怎样的呢？我想着，我对此所知甚少，谈及童年雷格尔总是语焉不详。伊尔西格勒呢？他不愿意讲述童年，不愿意回顾童年。中午前后的参观者越来越多，多半是团组，最近来自东欧国家的特别多，连着好几天我看到来自格鲁吉亚的团组，由会俄语的解说员在展厅里轰赶着，用"轰赶着"一词很恰当，这些团组不是在博物馆里走，而是跑，是在匆忙赶路，他们实质上对参观完全没有兴趣，他们到维也纳这里一路上过多的参观游览已经让他们的感官和头脑十分疲劳。上一周我曾对一位来自第比利斯的男子进行观察，他离开他所在的高加索参观团，来自高加索的团组不止一个，他想单独参观，原来他是一位画家，他向我询问庚斯博罗 [1]，我高兴地告诉他庚斯博罗的画在什么地方。最后当他又到我面前打听万德饭店时，他所在的那个参观团已离开了博物馆，这个参观团住在万德饭店。他说他在《萨福克风景》这幅画前待了有半个钟点，完全把他的参观团忘在脑后了，他是第一次到中欧旅行，第一次看到一幅庚斯博罗的原作。转身离开博物馆前他说，这个庚斯博罗是他这次旅行的高潮。他的德语讲得不错，很难得。我本想帮助他去找万德饭店，他拒绝了。一个年轻的大约三十岁的画家，与一个旅游团一起从第比利斯到维也纳旅游，仔细观看《萨福克风景》，说观看庚斯博罗这

1　托马斯·庚斯博罗（Thomas Gainsborough，1727—1788），英国肖像画家、风景画家，作品有《萨福克风景》《蓝衣少年》《清晨漫步》等。

幅画是他旅行的高潮。这件事让我在这天的整个下午以及晚上都在思考。这个人在第比利斯怎样作画呢？我长时间地问自己，最后因这个想法不无荒唐也就作罢了。最近来参观艺术史博物馆的外国人，意大利人比法国人多，英国人比美国人多。意大利人天生富有艺术鉴赏能力，他们仿佛生来就是行家里手。法国人在艺术史博物馆里毋宁说感到无聊，而英国人的样子仿佛他们对一切都了如指掌。俄国人对所看到的一切赞叹有加。波兰人看一切都带有傲慢的神情。德国人在艺术史博物馆展厅里的整个时间都在读展品目录，几乎不看墙上挂着的原作，他们走在博物馆里按着目录册的指引，越来越卑躬屈膝地爬行在目录册中，直到进入目录册的最后一页，就是说直到他们人离开博物馆到了外边。奥地利人，尤其是维也纳人，他们只有少数人来艺术史博物馆，不算那成千个学校班级，他们每年按规定必须来艺术史博物馆参观。他们在老师的带领下参观，这种参观对学生的影响是毁灭性的，这些老师用他们那狭隘的教训，扼杀着学生在参观艺术史博物馆时心中对绘画及其作者产生的任何柔情和敏感。这些老师一般来说麻木、迟钝，会很快把托付给他们的学生心中对绘画艺术的感觉毁掉，不仅如此，他们带领的学生最终都将成为无辜的牺牲品，他们头脑迟钝，讲解肤浅乏味，在他们带领下来博物馆参观，很可能将会是每个学生最后一次参观博物馆。跟他们的老师到艺术史博物馆参观一次，这些学生一辈子再也不会到这里来了。所有这些年轻人的这次参观，同时也是他们最后的一次。这些老师们在参观当中把托付给他们的学生对艺术的兴趣永远地毁灭了，这就是事实。老师毁学生，这是事实，是几百年来的事实，而奥地利老师尤其如此，他们从一开始就毁掉学生的艺术趣味。所有的年轻人起初对一切都敞开心扉，对艺术也是如此，但是老师们把艺术从他们的心里彻底地驱赶掉。奥地利老师大多数都头脑迟钝，直至今天仍在肆无忌惮地反对学生对艺术和艺术活动的渴望，每个年轻人从一开始就自然地对艺术感到欢欣和着迷，老师们则目光狭隘，本能地反对学生对艺术的欢欣和着迷，他们把艺术和艺术活动庸俗化，降低到他们自己那一知半解的认识水平上，在学校中他们把艺术以及艺术活动，总的来说变成他们组织的那些吹笛子及合唱活动，学生们能对其产生兴趣吗？因此，从一开始老师们就把他们的学生通向艺术之路给封锁了。老师不知道什么是艺术，他们也就不能向学生讲解和传授什么是艺术，他们不是引导学生到艺术那里去，而是把学生从艺术那里推开，让学生进入他们那种令人厌恶的、多愁善感的声乐和器乐的工艺中去，怎能不让学生烦恼。没有比教师的艺术趣味更低俗的了。老师还在小学时就把学生的艺术趣味给毁坏了，一开始就把艺术从学生那里驱赶出去，而不是启迪学生，告诉他们什么是艺术，尤其是什么是音乐，使其成为他们生活的乐趣。说到艺术，老师们不仅仅是阻碍者和毁灭者，总的来说老师总是生活和生存的阻碍者，他们不去教会年轻人怎样生活，在这方面给他们以启蒙和启发，让生活确实成为他们完善自我的、取之不尽的财富，而是消灭他们的生活，不遗余力地这样做。我们的大多数教师是些可怜的人，似乎他们活在这个世上最重要的任务就是去阻碍大多数年轻人的正常生活，使他们对生活消沉和沮丧。挤进教师这个职业中来的只是中产阶级下层那些感情用事的、变态的、思想狭隘的人。教师是国家的帮手，既然今天奥地利不管精神上还是道德上都是一个完全残疾的国家，一个让人从中明确看到什么是野蛮、堕落和全面混乱的国家，那么教师在精神上抑或道德上自然也是残疾的、野蛮的和混乱的。这个天主教的国家没有艺术头脑，这个国家的教师也没有或者不必有艺术头脑，这是让人沮丧的。这些教师教授什么是天主教国家，教授这个天主教国家让他们教授的内容：狭隘、残暴、卑劣、阴险、堕落和混乱。学生期待从他们那里得到的只能是关于天主教国家和天主教国家权力的谎言，我边想边观察雷格尔，同时目光通过丁托列托的《白胡子男人》又回到我的童年时代。我自己在学校里就遇到过这样可怕的、无所顾忌的教师，先是乡村教师，后来是城里的教师，总是乡村教师和城里教师交替着，我想，所有这些教师把我也给毁了，并且提前几十年毁坏了我的成年，他们教给我和我这一代人的不是别的，是不堪入目的这个国家，以及被其毁坏了的一切，他们教给我的不是别的，是这个令人作呕的国家以及打上其烙印的世界。他们给予我和今天的年轻人的不是别的，是他们的无知、无能，他们的迟钝和浅薄。我想，我的老师给予我的也只是他们的无能。他们除了杂乱无章没有教给我们别的。他们肆无忌惮地把我身上潜在的一切给毁掉了，影响到我后来几十年的前程，本来在原有的基础上，加之我多方面的才智，对我的发展应该是很有利的。我自己遇上了这些可怖的、狭隘的和堕落的教师，他们对人和人世的理解极其卑劣，是由国家钦定的最卑劣的观点，即为国家的利益无论如何要永远压制年轻人的本性并最终将其扼杀。我也遇到了这样一些老师，他们硬让我们学那种有悖常态的笛子和吉他演奏，他们强迫我死记硬背席勒的一首单调的、长达十六节的诗篇，我总认为这是对我最厉害的惩罚。我也曾有过这样的老师，将私下里对人的蔑视作为手段对付那些无力反抗的学生，他们这些国家的帮凶，动辄慷慨激昂伸出食指严厉斥责。我也有过这样一些弱智的国家中介人，一周里几次用硬木棍把我的手指打肿，揪住我的耳朵往上拽，以致我暗地里哭得死去活来不能自制。今天老师们不再揪耳朵，也不再用硬木棍击打学生手指，但是他们的愚蠢与以前并无两样，我想，每逢我看见老师们带领着他们的学生在博物馆里，在所谓历代大师旁边走过，我看到的与以前的景象一模一样，跟我曾有过的老师完全相同，同样是那样的将我一生都破坏了、都毁掉了的老师。"必须是这样，就是这样。"老师说，不容许半点异议，因为这个天主教国家不容忍、不允许学生有任何见解，更不要说有自己的见解了。就像往鹅嘴里填玉米豆一样，往学生脑子里填国家垃圾，而且不断地填塞，直至将他们窒息。国家认为，儿童是国家的儿童，于是也就与此相应地行动，几百年来施展其毁灭性的影响，事实上是国家在生孩子，只有国家孩子才被生到这个世上来，这是事实。没有自由的孩子，只有国家的孩子，对国家孩子国家可以为所欲为，国家生育出这些孩子，孩子是从国家肚子里生出来，这是事实。每年有成千上万的国家孩子从国家的肚子里出来，这是事实。国家孩子从国家肚子里来到世界上，上国家的学校，由国家老师教他们学习。国家给国家生孩子，这是事实，国家把他的孩子生育到国家中去，不再让

59

他们出来。我们不管往哪儿看，到处都是国家孩子、国家学生、国家工人、国家雇员、国家老人、国家死人，这是事实。国家只生育和培养国家人，这是事实。不再存在自然人，只有国家人，不管什么地方，如果还有自然人存在，他就会受到迫害，就会被追击，就会死去，或者被打造成国家人。我的童年，我想，是美好的，同时也是残酷的、令人不寒而栗的童年，在我的童年里，在外祖父母那里我可以是个自然人，而在学校里我则必须是国家人，在家里与外祖父母在一起我是自然的人，在学校里我是国家的人，我半天是自然人，半天是国家人，也就是说下午的半天我是自然人，因此很幸福，上午的半天我是国家人，因此是个不幸的人。下午我是个幸福的人，可是上午我则是个难以设想的不幸的人。我想，数年里，我就是这样，下午我是最幸福的人，上午是最不幸的人。在外祖父母家我是一个自然的、幸福的人，在山下小城那边的学校里我是一个不自然的、不幸的人。我到小城那边去，就是走向不幸（作为国家人的不幸！），到山上外祖父母家，我就走进了幸福。到山上外祖父母这里，就到了自然里，到了幸福里，到下边走进小城的学校，就走进了非自然，走进了不幸。早晨我径自走进不幸，中午，或刚过中午又回到幸福中来。学校是国家学校，年轻人在这里被塑造成国家人，也可以说被塑造成国家的帮凶。我走进学校即走进国家，由于国家毁灭人，我就等于走进了毁灭人的学校。许多年我就是这样，从幸福（在外祖父母家！）走进不幸（在国家学校！），然后又回来；从自然走进非自然然后又回来，我的整个童年就是这样的走进走出。在童年这样的走进走出中我长大了。但是在这场残酷的游戏中得胜的不是自然，而是非自然、学校和国家，不是外祖父母家。国家强迫我，与对待所有其他人一样，把我纳入国家中，把我驯服，把我塑造成像所有其他人一样的国家人，一个被规矩、被约束、被训练、被扭曲、被登记在册的沮丧的人。我们看到的人都是国家人，正确地说是国家仆人，我们看见的不是自然的人，而是彻底地变成了作为国家仆人的、非自然的国家人，整个一生都在为国家服务，也就是为非自然服务。我们看到的人，都是作为非自然的、被迟钝和冷漠的国家所掌控的国家人，我们看见的人，都是交付给国家的、为国家服务的人，是国家的牺牲品。我们所看到的人都是国家的牺牲品，我们所见到的人类，就是国家的饲料，用以饲养日益贪婪的国家。我想，人类只不过是国家人类，自有国家以来的几百年里，他们失去了自我。我想，人类今天已经不是人类，而是国家。我想，今天，人只是国家人，也就是说他今天只不过是被消灭了的人，国家人是唯一的可能成为人的人。我想，自然的人根本不可能存在了。每逢我们看到大城市里聚集的几百万国家人，我们会感到不舒服，因为我们看到国家，也是如此的感觉。每天当我们醒来我们都会因这个国家而不舒服，走到大街上会因看到无处不在的国家人而感不适。人类是一个巨大的国家，说实话每天早晨睁开眼睛都感到难受。与所有的人一样，我生活在一个我每天醒来看到它都感到不舒服的国家里。我们的老师教我们知道国家，教我们知道国家里的让人害怕与恐惧的一切，国家里的一切虚伪和谎言，只是不教我们知道，国家就是这些让人害怕与恐惧的一切，就是虚伪和谎言。几百年来，教师就把他们的学生送进国家的铁钳之中，数年或者数十年对其折磨与挤压，他们受国家委托带着他们的学生参观博物馆，以他们那迟钝和麻木败坏学生对艺术的兴趣。不过我想，这里墙上挂的这些艺术作品不是国家艺术又是什么呢。雷格尔每逢讲起艺术时只讲国家艺术，每当他谈论所谓历代大师时，他谈的总是历代国家大师。这里墙上挂的艺术品不是别的，都是国家艺术，至少在艺术史博物馆油画厅里挂的这些都是如此。所有在这里墙上悬挂着的画都是国家艺术家的画。也可以说就是天主教的国家艺术。总是只是面貌，雷格尔说，而不是面孔。总是只是头部，而不是脑袋。总而言之只是没有反面的正面，只是没有实际和真情的谎言和欺骗。所有这些画家都是地地道道的、讨好委托者的虚伪的国家艺术家，伦勃朗甚至也不例外，雷格尔说。您看一下委拉斯开兹，纯粹是国家艺术，看看洛托[1]、乔托[2]，难道不都是国家艺术吗，好像这位可怕的、纳粹的前身，纳粹老祖宗丢勒[3]，他把自然置入画布上将其杀死，雷格尔经常说，这个让人不寒而栗的丢勒，雷格尔的确特别憎恨这位出生于纽伦堡的金属雕刻艺术家。雷格尔把这里墙上挂的画，包括《白胡子男人》那幅画在内，通统称为国家委托艺术。雷格尔一再说，那些所谓的历代大师总是只为国家服务，或者为教会服务，结果是一样的，不管是为皇帝还是为教皇，为大公爵还是为大主教。雷格尔常说，所谓自由艺术家与自由人一样都永远是乌托邦。雷格尔说，艺术家，那些杰出的大艺术家，我想，是一切人中的最狂妄者，比政治家还要狂妄。艺术家最虚伪，比政治家更加虚伪，也就是说为艺术的艺术家比国家艺术家更加虚伪，我现在又听见雷格尔说。这种艺

1　洛伦佐·洛托（Lorenzo Lotto，约1480—1556），意大利文艺复兴晚期画家，作品有《靠着白窗帘的年轻人》《圣杰罗姆》等。

2　乔托·迪·邦多纳（Giotto di Bondone，约1266—1337），意大利文艺复兴早期画家、雕塑家、建筑师，被誉为意大利艺术的开拓者。

3　阿尔布雷希特·丢勒（Albrecht Dürer，1471—1528），德国文艺复兴时期最重要的油画家、版画家、装饰设计家和理论家，作品有木刻组画《启示录》、铜版画《骑士、死神、魔鬼》、油画《四圣图》等。

术面向万能的上帝和所有天神，脱离我们的世界，雷格尔常说，这是艺术的卑鄙无耻。我今天从塞巴斯蒂亚诺展厅观察他时，我听见他昨天说，这种艺术真是太可怜了。雷格尔昨天再次表示疑问，画家究竟为什么绘画？即使那极其优秀的艺术品，他说，也不过只是毫无意义的、毫无用处地模仿自然，临摹自然。他又发问，伦勃朗画的他母亲的面孔跟我自己这张实在的脸相比又怎样呢？那多瑙河谷草地，我能观看也能在上面行走，与那画的画相比孰高孰低呢？他说。他昨天说，没有什么比绘画出来的权势更让我厌恶的了。权势绘画，岂有他哉，他说。人们说什么，抓住、忠实表现出来，但如我们所知，只有那些虚伪的不真实的事物，只有那些虚假和欺骗被抓住、被忠实地表现出来，后世只是把虚假和欺骗挂在墙上，在所谓大作家留给我们的书里只有虚假和欺骗，在这些墙上挂的画里只有虚假和欺骗。墙上挂的画里边的那个人，绝不是画家画的那个人，雷格尔昨天说。墙上挂的画里边的那个人不是在这个世界上生活过的那个人，他说。自然，他说，您会说，这是作这幅画的艺术家的观点，是的，但我要说这是虚伪的观点，至少这座艺术史博物馆里的画永远都是各个画家的天主教国家观点，这里挂的一切都是天主教的国家艺术，由此我还要说，也是卑劣的艺术，无论它们被说得如何杰

64

出，如何了不起，它们只不过是天主教的国家艺术。雷格尔说，所谓历代大师，尤其是如果把他们中的一些并列起来看，就是说把他们的艺术作品并列起来看，那么他们就都是热衷于制造虚假的人，他们巴结讨好甚至卖身投靠天主教国家，也就是说在艺术趣味上投其所好。他说，就此而言，我们了解的艺术史就是彻头彻尾的令人沮丧的天主教绘画史，选取的题材不是天上就是地狱，从来没有来自人世间的。画家所画的不是他们要画的，而是委托他们画的题材，给他们带来金钱或荣誉的题材。大部分时间里让我特别感到恶心的、总让我感到惶恐的画家，这些历代大师，总是只为某一个统治者服务，从来不为自己，就是说不是为众人。为了金钱和荣誉，他们画的总是一个被他们彻底伪装了的世界；他们所有的人都是源于对金钱和荣誉的追求而作画，不是为了成为画家，而是只为了得到荣誉，或者金钱，或者荣誉和金钱。他说，在欧洲他们总是为天主教上帝及其众神帮忙，为他们做宣传。这些所谓的历代大师，他们画出的、哪怕是那绝妙的每一笔，都是一个谎言。他昨天把他实际上确实憎恨的、同时可以说在他整个艰辛的一生中神往的这些人，称为装饰世界的油漆匠。他说，这些所谓历代大师是不折不扣的、维护欧洲天主教统治的、伪装虔诚的装饰工，他说，亲爱的阿茨巴赫尔，您

65

可以从这些艺术家厚着脸皮往画布上的每笔涂抹中看出来。他昨天说，您自然非要说不可，这是了不起的绘画艺术，但是您不要忘记，您这样说同时要提到，或者至少要在心里想到，这也是卑鄙的绘画艺术，这一艺术的卑鄙同时也是一种宗教的信仰，这恰恰是事情的可恶之处。要是您，像我前天一样，站到曼特尼亚前面，站上一个钟点，您会突然有兴趣，想把他的画从墙上扯下来，您突然觉得他的画是装饰得很巧妙的卑鄙。或者您站到比利维蒂或者站到康帕尼奥拉 [1] 前面待上一段时间。这些人作画不过是为了维持生活，为了赚钱，为了到天上去，而不是到他们一辈子惧怕得无以复加的地狱，由此可见，他们虽然富于理智，但性格十分懦弱。从总体上说画家的性格不佳，甚至于总是很坏，因此从根本上说，雷格尔昨天说，他们的趣味低劣，您找不出一个所谓杰出艺术家，或者我们称谓的历代大师具有好的性格和好的审美趣味，而我所理解的好的性格很简单就是不受贿赂的性格。作为历代大师的所有这些艺术家，雷格尔说，都抵御不住诱惑，都是可以被贿赂的，因此我觉得他们的艺术令人厌恶。我了解他们，他们太让我反感了。雷格尔昨天说，他经常想，他们画的、挂在这

---

1 曼特尼亚（Mantegna）、比利维蒂（Biliverti）、康帕尼奥拉（Campagnola）均为意大利画家。

里的一切都让我厌恶，然而几十年以来我不能不对其进行研究。这真是很可怕，他昨天说，这些历代大师如此使我厌恶，但我却总是研究他们。他昨天说，他们令人厌恶是显而易见的。数百年来被称为历代大师的这些人，肤浅地观看一下还可以，但绝对禁不起推敲，如果我们深入地去观看，那他们就会逐渐垮掉，如果我们确实真正地，就是说竭尽全力彻底地长时间地去研究，到最后他们就瓦解了，就崩溃了，多数情况下留在我们的头脑中只是平淡、糟糕的气味。最伟大的、最重要的艺术品到头来好似一团沉重的巨大的卑劣谎言充斥在我们的头脑中，好似过于巨大的肉块塞在我们的胃中。我们被一件艺术品吸引，说到底是很可笑的。如果您腾出时间来，比平常更深入地去读歌德，远比通常更集中精力，远比通常更放肆，那么到最后您会觉得您读得很可笑，不管您读的是什么，只要您比以往更经常地去读，它就会不可避免地变得很可笑，即使那最智慧的最终也会成为愚蠢。多么不幸啊，您要是深入地去读，您就毁掉了一切您读到的。无论您读的是什么，最终它会变得可笑，最终会变得一钱不值。他说，对待艺术作品您要当心，不要深入进去，否则的话您会破坏了一切，即使是您那最热爱的。不要长时间地观看一幅画，不要太深入地读一本书，不要太集中精力听一部音乐作品，否则的话您就自己把一切都给毁掉了，因此也就毁掉了世界上最美的和最有用的一切。去读您所喜欢的，但不要完全深入其中，去听您所喜欢的，但不要全力以赴地听，去看您所喜欢的，但不要看得那么彻底。就是因为我总是看什么都那么聚精会神，听什么都那么全神贯注，总是读什么都那么全面深入，或者至少总是试图不论听什么、读什么、看什么都全力以赴，结果最终把一切都弄得使我感到很可怕，把整个造型艺术、整个音乐和整个文学，他昨天说。我用此方法结果最终把整个世界弄得使我感到不寒而栗，可以说把一切。多年以来我简直把一切都弄得让我感到可怕，让我深感懊悔的是也让我的妻子对这一切感到恐惧。他说，多年以来我只有使用和通过这一方法才能生存。现在我明白了，我如果想继续活着，那么我就不可以那么彻底地听、思考和观看。不彻底地去听、去读和去观看，这是一门艺术，他说。我至今仍然没有完全掌握它，他说，我的天性是彻底克服和坚持一切，并且一定要进行到底。我给您讲，他说，这是我真正的不幸。数十年来，他说，我总是想要把一切都做彻底，这是我的不幸。他说，这是一种极其个性化的、总是旨在追求彻底瓦解的情结。这些历代大师其实也不是为了像我这样的人作画的，历代音乐大师和历代伟大作家也不是为了像我这样的人而进行创作的，他们中

68

从来没有谁是为了像我这样一个人作画、作曲或者写书的，他说。艺术不是为了让人彻底观看、彻底聆听和彻底阅读的，他说。这种艺术是为人类中很可怜的那部分人制作的，为那些普通人、寻常人，我要给您说，是为那些轻信的人。他说，一座宏伟的建筑，在像我这样一双眼睛的观察下，会迅速地变小，不管它如何著名或者正是因为它如何著名迟早会萎缩干瘪，成了一座可笑的建筑物。我去旅行，他说，为了参观伟大的建筑物，自然首先去意大利，去希腊和西班牙，但是那里的大教堂在我的注视下很快就萎缩成了一种尝试，既无助又可笑的尝试，尝试去做什么呢，尝试去用好似某种第二个天穹与天穹对立，从一座大教堂到另一座大教堂，总是用一个更加辉煌的第二天穹，从一座神庙到另一座神庙总是用某种更了不起的来这样做，他说，实际上这样做的结果只能总是制造出些拙劣的东西。我自然参观了那些最著名的博物馆，不仅欧洲的，研究了它们的收藏，聚精会神、严肃认真地进行研究，请您相信我，不久我就感觉到，仿佛所有这些博物馆收藏的艺术品都仅仅是一些无助的、没用的和失败的，是世界的拙劣的那个部分，这些博物馆中的一切都是失败的、低劣的，他昨天说，不管您走进怎样一家博物馆开始观看和研究，您都是在研究失败的和拙劣的作品。他说，我的上帝，说到那些历代大师，普拉多肯定是一家世界上最重要的博物馆，但是每逢我坐在它对面的里茨喝咖啡时，我都在想，这家普拉多也只有不完美的、失败的作品，说到底只有可笑的蹩脚货。他说，某些时期，恰逢某种时尚流行，某些艺术家会突然被吹捧为惊动世界的庞然大物，忽然有某位坚守独立见解者一针将这美丽的肥皂泡刺破，于是这惊动世界的庞然大物就破裂了，像开始突然被吹胀起来一样，现在又突然化为乌有。委拉斯开兹、伦勃朗、乔尔乔涅[1]、巴赫、亨德尔、莫扎特、歌德，他说，同样还有比如说帕斯卡、伏尔泰这样一些被吹捧起来的庞然大物。他昨天说，施蒂夫特[2]，我一向总是对他崇敬有加以至于已经超出了对艺术的痴迷，但是如果进一步深入地探讨，这位施蒂夫特同样也是一个不怎么样的作家，就好比若是深入地聆听和研究布鲁克纳[3]，那么就算他不是个糟糕的作曲家也是一位不怎么样的作曲家。施蒂夫特的写作风格很可怕，文法经不起任何推敲，同样布鲁克纳也如此，他的乐曲显示出一种对狂乱无序的陶醉，晚年更有一种对宗教和青春期骚动不安的痴迷。

1　乔尔乔涅（Giorgione，约 1477—1510），意大利威尼斯画派的主要画家，作品有《卡斯尔弗兰科》《暴风雨》等。

2　阿达尔贝特·施蒂夫特（Adalbert Stifter，1805—1868），奥地利著名小说家，作品有中短篇小说集《素描集》、长篇小说《晚来的夏日》等。

3　安东·布鲁克纳（Anton Bruckner，1824—1896），奥地利作曲家和管风琴家，创作了许多宗教乐曲、管风琴曲、交响曲等作品。

我几十年来一直很崇敬施蒂夫特，但没有真正仔细地、彻底地去研究他。当我一年前这样做了的时候，我竟然不敢相信我的眼睛和耳朵了。您想象不到他的德语，或者说奥地利语，是那样拙劣，充满语病，在我整个精神生活中我从未读到过这样的语言，可是它却出自施蒂夫特的笔端，而今天他确是因为所谓语言准确、明快而闻名的一位作家。施蒂夫特的小说一点儿也不准确，是我所知道的最晦涩的，充塞着扭曲的情景和错误、混乱的思想，我真是感到奇怪，这么一位地方上的半瓶子醋，充其量在上奥地利州当一名督学，为什么今天受到作家，尤其是年轻一代作家的尊敬，而且这些作家并非等闲之辈。我认为，所有这些人都没有真正读过施蒂夫特，而总是盲目地崇拜，跟我一样只是听说过，而从未真正地读过。当我一年前真正地读过施蒂夫特，这位被称为写小说的大师，我对从前曾尊敬和热爱过这个蹩脚的写手而感到羞愧，对自己的行为感到厌恶。在青年时代，我读过施蒂夫特，对他的回忆来自那时的阅读经历，我读他的时候还只有十二岁和十六岁，对我来说那个时期我读书还没有选择。之后，我从未再考察他。施蒂夫特的小说中大段漫长的胡诌八扯的讲述让人无法忍受，这是那种令人不齿的拖沓、繁冗的拙劣风格，除此之外他的确还是德语文学中最无聊、最虚伪的作者。施蒂夫特的小说以语言简洁、准确和明快闻名，实际上是含糊不清、无助和不负责任，表现出小市民的多愁善感和小市民的笨拙和不知所措，以致让人反胃，譬如在读《维蒂科》或者《我曾祖父的公文包》时。正是这篇《我曾祖父的公文包》，开始的几行里就拙劣地试图把一个草率拉长了的、乏味的、从里到外充斥着错误的小说冒充艺术作品，实质上这只不过是一部小市民的、胡乱的林茨制造。难以设想，从这样一个自开普勒时代起就以思想狭隘臭名昭著的地方小城林茨，会突然产生出一位名叫施蒂夫特的被普遍称作天才的人，林茨有一座歌剧院，但那里的人不会唱歌，有一座话剧院，可那里的人不会演戏，那里的画家不会画画，那里的作家不会写作。施蒂夫特不是什么天才，是一个畏首畏尾的小市民，一位从事教师职业的循规蹈矩的写作者，一个连对语言起码的要求都达不到的人，更不要说他具有什么能力创作艺术作品了。雷格尔说，总而言之，施蒂夫特是我一生中让我最失望的作家之一。他的作品中，每三句话或四句话就有一句是错的，每两个或者三个情景就有一个是失败的，他说，总的来讲，他的思想，至少在他的文学著作中，是平庸的。施蒂夫特实际上是历来的作家中最没有想象力的一位，同时也是最没有艺术创造性的作家。可是读者也好，文学理论家也好总是上他的当，受他蒙蔽。

虽然这个人在晚年自杀了，但这并不能改变他那平庸、无所作为的一生。在这个世界上我了解的作家中没有哪一个像他那样笨拙和低劣，像他那样狭隘和偏执，同时又如此蜚声世界文坛。雷格尔说，安东·布鲁克纳的情况与此类似，狂热的天主教信仰使他对上帝的敬畏有悖常态，从上奥地利州来到维也纳，完全把自己交付给皇帝和上帝。布鲁克纳也不是天才，他那杂乱无章的音乐与施蒂夫特的小说一样混乱，一样拙劣。可是在今天严格地说，施蒂夫特只不过是德语语言文学专业的书本知识，而布鲁克纳在这期间却让所有的人感动得落泪。可以说布鲁克纳的声调波涛征服了全世界，在布鲁克纳的音乐中，无端的多愁善感和虚伪的富丽堂皇弹冠相庆。像施蒂夫特是一个粗制滥造的作家一样，布鲁克纳是一位粗制滥造的音乐家，他们俩共同拥有上奥地利州的这个特征。雷格尔说他们俩的艺术都是忠实于上帝而危及民众的。他昨天说，开普勒不像这俩人，开普勒是很棒的小伙子，他也不是上奥地利州人，他来自符腾堡；阿达尔贝特·施蒂夫特和安东·布鲁克纳说到底所创作的只不过是文学和音乐的垃圾。敬重巴赫和莫扎特的人，还有亨德尔和海顿，雷格尔说，必然拒绝像布鲁克纳这样的人，不必去轻视他们，但必须拒绝他们。敬重歌德的人，敬重克莱斯特、诺瓦利斯和叔本华的人，他们不必非轻视施蒂夫特不可，但必须拒绝施蒂夫特。热爱歌德的人，不能同时还爱施蒂夫特，歌德作为作家一生过得很不容易，而施蒂夫特却总是轻而易举。雷格尔昨天说，而偏偏施蒂夫特从事让人敬畏的、为人师表的教师职业，而且还身居高位，本身的文笔却如此一塌糊涂，犯那些他的学生也不允许犯的错误，真是不可思议。如果施蒂夫特的一个学生把施蒂夫特写的一页东西放到施蒂夫特面前，那会让施蒂夫特改得满纸皆红，雷格尔说，的确如此。如果我们拿着红笔开始读施蒂夫特，那么我们会改错改得欲罢不能了，雷格尔说。不是一位天才在写作，而是一个地地道道半瓶子醋。如果说有平淡乏味、无病呻吟和废话连篇的文学这个概念，那么用在施蒂夫特写的东西上面再恰当不过。施蒂夫特的创作不是艺术创作，他要叙说的是极不诚实的，让人非常反感。雷格尔说，主要是那些无所事事，百无聊赖的国家雇员的妻子和遗孀在家里读施蒂夫特，这是有道理的，还有医院的护士在闲暇时，修女在修道院里读施蒂夫特。真正的用脑子思考的人无法读施蒂夫特。我认为那些极其推崇和高度评价施蒂夫特的人对其人一无所知。今天，所有我们的作家，无论是在文章中还是言谈中无不喜欢这位作家，受他的鼓舞，仿佛他是当今作家的天王。这些人如果不是愚蠢，不是没有艺术趣味，不是对文学一窍不通，那就是像我起先所认为的那样，没有读过施蒂夫特。雷格尔说，您不要跟我谈施蒂夫特和布鲁克纳，无论如何不要把他们同艺术同我所理解的艺术扯到一起。他说，这一个是小说的破坏者，那一个是音乐的破坏者。可怜的上奥地利州，她还以为生产出两个最伟大的天才，而实际上是两个被过分高估了的不中用的人，一个是文学方面的，另一个是音乐方面的。雷格尔说，每逢我想到，奥地利的女教师和修女们把施蒂夫特的书作为艺术偶像放在床头柜上，放在她们的木梳和指甲刀旁；每逢我想到，国家领导人物在聆听布鲁克纳的交响曲时说热泪盈眶，我就感到恶心。艺术最崇高，同时也最令人厌恶，他说。但我们必须让我们相信有高雅的、崇高的艺术存在，否则我们会感到绝望。即使我们也知道，每种艺术都会消失在历史的无助和可笑中，在历史的垃圾中，与一切其他事物一样，我们就是要充满自信地相信有高雅的和崇高的艺术存在。我们知道，拙劣的、失败的艺术是怎么回事，但我们不要总是去注意这一点，否则我们将不可避免地毁灭，他说。让我们再回来说施蒂夫特，今天有一大批作家都强调他们与施蒂夫特的关联。他们援引的这位作家绝对是一个半瓶子醋，他创作的一生就是滥用自然的一生。要谴责施蒂夫特对自然的绝对滥用，雷格尔昨天说。他作为

75

作家想成为一个观看者，实际上成了一个瞎子。雷格尔说，施蒂夫特笔下的一切都很做作，像未涉世的少女一样忸怩、笨拙，他的小说总是摆出一副浅薄、狭隘的说教面孔，让人无法忍受。人们称赞施蒂夫特作品中对自然的描写，实际上从未有过像施蒂夫特作品中那样对自然的歪曲，雷格尔说，从未见到大自然的描写像施蒂夫特作品中那样沉闷和无聊。施蒂夫特就是文学方面擅长记流水账的大管家，他那支没有艺术性的笔把实际上生动、丰富、千姿百态的大自然写得麻木、贫乏，由此自然也伤及读者，让他们也变得麻木、迟钝。施蒂夫特将一切都罩上小市民的面纱，让它们几乎憋闷得窒息，事实就是这样。其实他不会描写树木，不会描写啁啾鸣叫的鸟，不会描写湍急狂奔的河流，事实就是这样。他想形象地告诉我们什么，结果是将其写得枯燥无味，他想制造出光泽，而实际上却是模糊一片，事实就是这样。施蒂夫特使自然单调，使人情感贫乏、没有神采，他无知，没有创见，他仅仅是一个描写者，他描写什么都描写得无比平庸。雷格尔说，他像那些水平很差的画家，莫名其妙地名声大振起来，这里到处墙上都挂着他们的作品，您只要想想丢勒，想想这里的几百幅艺术上平平的作品，说实话它们的价值抵不上镶着它们的画框。所有观看这些画的人都赞叹不止，但赞叹者并不知道为什么要赞叹，就像阅读和钦佩施蒂夫特一样，阅读者也不知道为什么。雷格尔说，施蒂夫特获得的荣誉、他的广泛知名度是个谜，因为他的文学没有任何谜可言。我们逐渐瓦解那些所谓大师，将他们废除，他说，那些绘画大师、音乐大师、文坛大师，因为我们无法与这些大师生活在一起，因为我们思考，对一切都彻底地思考。但是施蒂夫特过去和现在都算不上大师，不能用来作为例证。施蒂夫特如果作为例子只能用来说明一个作家，几十年来被作为大师尊敬和爱戴，就像一位艺术家几十年可能被狂热的人尊敬和爱戴，实际上从来不是一个大师。当我们想到我们尊敬、赞叹和爱戴的人并不伟大，从来也没有伟大过，只不过是一种想象，一种传说，实际上他很渺小、低下，那么我们会感到失望，会有受骗上当者那样的无尽痛苦。雷格尔说，这也咎由自取，谁让我们那么盲目地就接受一个对象，然后几十年，甚至整个一生去尊敬和爱戴，从未想到要检验一下。假如我在比方说三十年前或者至少在二十年前或者十五年前，来检验一下施蒂夫特，那么就不必在这么多年之后感到如此的失望。我们决不可以说这一个或那一个是什么大师，而且是永远的大师，我们必须一再对所有艺术家进行检验，这样做毋庸置疑会增加我们的艺术理论水平，会提高我们的艺术鉴赏力。雷格尔说，说到施蒂夫特，只有他的书信写得很好，一切别的都不值一提。文学理论肯定还要长久地与施蒂夫特打交道，它痴迷于像施蒂夫特这样的偶像作家，如果说这些作家不能进入永恒的文学经典，但他们会帮助文学理论家们长久地以最惬意的方式过上舒适的生活。有时我拿出时间和精力把一本施蒂夫特的书给各种各样的人去读，智慧的和愚笨的，敏感的和迟钝的，譬如《彩石》《神鹰》，或者《布丽吉塔》，或者是那篇《我曾祖父的公文包》，然后我问他们，他们对所读的是否感到满意。我要求他们实话实说。我要求他们一定要说实话的这些人说他们不满意，这书让他们非常失望，归根到底这书什么也没有告诉他们，根本就没有，他们大家都感到很奇怪，一个人，写这样一本没有思想的书，根本就讲不出什么东西来，可是还那样著名。对施蒂夫特做的这种实验在一段时间里让我总是感到很高兴，他说，我毕竟对施蒂夫特做了检验。同样我有时也问一些人，他们是否真的喜欢提香，譬如他的作品《樱桃圣母》。问及的人没有一个对这幅画感到满意，观看这幅画只是因为提香的名气，这幅画对谁也没有说出点什么。我这里并非要把施蒂夫特与提香相比，如果这样做那是荒谬的，雷格尔说。文学理论家不仅热爱上了施蒂夫特，而且迷恋上了他。我以为文学理论家衡量施蒂夫特的尺子绝对不标准。他们关于施蒂夫特的文章，在数量上总是远远超过关于同时代任何其他作家，每逢我读他们关于施蒂夫特写的那些文章，我们都不由自主地猜想，他们或许根本就没有读过施蒂夫特，或者读得很马虎。大自然这个题目现在很时尚，雷格尔说，这也就是为什么施蒂夫特现在也很流行的原因。一切与自然有关的，现在都特别时尚，雷格尔昨天说，所以说施蒂夫特现在是最流行、最时尚的作家。森林现在最时尚，山泉现在最时尚，因此施蒂夫特现在也最时尚。雷格尔说，施蒂夫特使大家都感到无聊至极，但现在却最时尚，岂不糟糕透顶。总的说来多愁善感现在非常时尚，这太可怕了，好比一切与煽情有关的都很时尚；从七十年代至八十年代中期的今天，多愁善感和煽情赚眼泪都最时尚，在文学中如此，在绘画和音乐中也是如此。还从未有像八十年代里写了这么多多愁善感、赚人眼泪的东西，还从未出现过像今天这样煽情和多愁善感的绘画作品，作曲家在表现多愁善感和情意绵绵中你追我赶，您只要去剧院看看，那里上演的尽是有普遍危害的煽情戏剧，表现的都是多愁善感，戏剧舞台上血腥、残暴的表演也是为了表现悲欢哀怨。您去展览馆，展示给您的也都是极端煽情的、令人极其憎恶的多愁善感。您去听音乐会，您听到的也尽是多愁善感的乐曲和旋律。今天书里边也充斥着多愁善感的描写，这就使得最近几年施蒂夫特流行起来。雷格尔说，施蒂夫特是一位煽情大师。随便从其作品中找出一页，上边的多愁善感也能满足几代如饥似渴热爱抒情文学作品的修女和护士的需要。归根到底布鲁克纳也的确是表现多愁善感和赚人眼泪的，是一个硕大无比的、枯燥无味的、阻塞管弦乐的耳垢。今天的年轻作家，或者比较年轻的作家，他们大部分都在写没有思想的、肤浅的、多愁善感的故事，在他们书中激情洋溢得让人无法忍受，无怪乎施蒂夫特被他们奉为引领时尚的大师。施蒂夫特把没有思想的、虚假的多愁善感引入高雅的文学之中，然后以一种很煽情的自杀结束了自己的生命，现在成了最时尚的作家，雷格尔说。其实这也是不难理解的，森林这个词，还有森林死亡这个词，在今天是多么时髦，可以说森林这个概念总的来说在今天是运用得，或者说滥用得最多的词，施蒂夫特的《深山老林》还从未有像现在这样畅销。今天人们对自然的渴望是空前的，施蒂夫特描写过自然，于是他们大家都跑到施蒂夫特那里。但是施蒂夫特根本就没有描写过自然，他只是把自然变成了煽情的工具。成百上千的人把施蒂夫特当作圣人，他们在他每一本书前面顶礼膜拜，仿佛他的每一本书都是圣坛。雷格尔说，正是人的这种虚假的狂热让我厌恶，让我浑身都不自在。无论一切当初是如何伟大如何重要，最终都无一例外地变成可笑而又可怜。他说，施蒂夫特确实让我一再想起海德格尔，这位可笑的、国家社会主义的、穿灯笼裤的小市民。如果说施蒂夫特将高雅的文学变成煽情工具，那么海德格尔，黑森林山区哲学家海德格尔，则把哲学当成了廉价煽情的工具，海德格尔和施蒂夫特各按自己的方式将哲学和文学当成了廉价煽情的工具。海德格尔是"二战"期间那一代人以及战后那一代人追随的对象，为了研究探讨他，他们写了大量的思想狭隘、令人生厌的博士论文，他还在世时，我就总是看到他在黑森林山区他家里的长凳上坐着，身旁是他的妻子，过分热衷于织毛线活的她，用亲自从海德格尔绵羊身上剪下来的羊毛不停地为丈夫织冬天穿的长腰袜。我所能看到的海德格尔，总是坐在他在黑森林家中的长凳上，在他妻子的身旁，妻子在与海德格尔共同生活中完全控制了他，所有他穿的袜子都是他妻子给织的，所有他戴的毛线帽子都是他妻子给钩的，她给丈夫烤面包，纺织他用的床上用品，甚至给丈夫亲手做家里穿的拖鞋。雷格尔说，海德格尔是一个矫情的人，雷格尔说，跟施蒂夫特一样，但远比施蒂夫特更可笑，施蒂夫特的确是一个悲剧人物，跟海德格尔不一样，海德格尔总是很滑稽，具有和施蒂夫特一样的小市民习性，同样可怕的狂妄，海德格尔是阿尔卑斯山前的弱智者，我想，与德国的大杂烩哲学一拍即合。他们从未对任何一个哲学家像对海德格尔那样，几十年如饥似渴地吃他喝他，用他来填满那德国的语言文学家和哲学家的肚子。雷格尔说，海德格尔的相貌一般，没有一张显示睿智的面孔，地地道道一个没有思想的人，不懂得什么是幻想，没有敏锐的感受力，是纯粹的德国哲学的反刍动物，一头不断怀孕的哲学牡牛，被放牧在德国的哲学里，然后几十年里在黑森林排泄出一摊又一摊具有诱惑性的俏货。海德格尔是所谓的哲学上的骗婚者，雷格尔说，能够成功地使整个一代德国的人文学者晕头转向找不到北。海德格尔是德国哲学史上一段让人反感的插曲，雷格尔昨天说，所有的德国科学界人士都曾参与或正在参与这段插曲。今天人们仍然没有看清海德格尔的真面目，虽然他消瘦了，但人们仍在挤海德格尔奶。在坐落于托特瑙贝格的木屋前，穿着鼓鼓囊囊灯笼裤的海德格尔对我来说剩下的只是一张披露真相的照片了，戴着黑森林山区便帽的思想市侩，脑子里沸腾的总是德意志的愚钝，雷格尔说。到了我们上了年纪时，我们已经跟随追求了许多可怕的时尚，所有的这些艺术、哲学时尚，以及日用品时尚。一个风行全德国的哲学时尚到最后留下来的只有一些可笑的照片和更加可笑的文字，海德格尔就是这样一个很好的例证。海德格尔是哲学市场的叫卖者，带进市场的是盗窃的赃物，他的一切都是二手货，他过去是，现在仍然是后思想家的典范，他的确缺少独立思考所需要的一切。海德格尔的方法是肆无忌惮地把别人的伟大思想变成自己的渺小思想，的确如此。海德格尔把伟大的一切变得如此渺小，以至于它很适合德国国情，您懂吗，雷格尔说，适合德国国情。海德格尔是德国哲学的小市民，让德国哲学戴上了他那俗不可耐的睡帽，海德格尔在任何场合总是戴着俗不可耐的黑色睡帽。海德格尔是德国人的拖鞋和睡帽哲学家。雷格尔昨天说，我不知道，每逢我想到施蒂夫特总是也想到海德格尔，反之亦然。雷格尔说，海德格尔和施蒂夫特一样，历来主要为循规蹈矩的妇女所喜爱，今天也是如此，就不是偶然的了，如同那些装腔作势的修女和护士把施蒂夫特当饭吃，她们也吃海德格尔。今天海德格尔仍然是德国女性世界最喜欢的哲学家。他是女性哲学家，是直接从学者锅里倒出来的，特别适合于德国哲学口味的午餐桌上的哲学家。如果您参加小市民的，或者所谓有贵族气派的小市民聚会，经常是把海德格尔给您端上来作为餐前小吃前的小吃，您还没有脱掉大衣，就给您上了一块海德格尔，还没等您坐下，家庭主妇就会用银盘给您端来海德格尔和雪利酒。海德格尔就是烹饪得很好的德国哲学，可以随时随地供您品尝，雷格尔说，每个家庭里都是如此。他说，他不知道，今天还有哪个哲学家像海德格尔这样退化。对哲学家来说，十年前还是大思想家的海德格尔现在已经没有什么用处了，现在只还在那些假知识分子的家庭和假知识分子聚会上兴妖作怪，给他们那完全自然的虚伪再加上一个人造的。像施蒂夫特一样，海德格尔对德国平庸的人是乏味的，但却是容易消化的阅读甜点。像施蒂夫特与文学没多大关系一样，海德格尔与精神不大沾边，请您相信我，涉及哲学与文学，这两位都谈不上有多少价值，但相比之下我比较看重施蒂夫特，海德格尔总是让我讨厌，不仅仅他头上戴着的睡帽，挂在托特瑙贝格家里自己烧的炉子上方的、用自己纺的布制作的冬天穿的内裤，不仅仅他那自己雕刻的黑森林手杖，还有那自己雕刻的黑森林哲学，这个悲剧人物的一切我总是感到厌恶，只要想起来就让我极其反感，尤其是在读他的书时，雷格尔说。给我的感觉他始终是一个江湖术士，只顾利用周围的一切，在他那托特瑙贝格的长凳上晒着太阳。每逢我想到即使那些极聪颖的人也上了海德格尔的当，连我那位最好的女朋友也写了关于海德格尔的博士论文，而且是那么严肃认真地去写，直到今天我仍然感到很不舒坦。雷格尔说，没有什么是没有理由的这种说法最可笑。德国人有装腔作势的癖好，这是他们特征之一。说到奥地利人在这方面更是有过之而无不及。雷格尔说，我看见过一位极有才华的摄影师给海德格尔拍的一些照片，回头我将把它们给您看看；通过这些照片我们看到，总是像个退役的肥胖校官的海德格尔起了床，然后又躺下；他睡下了，然后又醒来，穿上内裤和长裤，喝一口果子酒，从他那木板房里走出来，眺望着地平线，雕刻着他的手杖，戴上睡帽，摘下睡帽，将它用双手拿住，又开双腿，抬起头，低下头，把右手放到他妻子的左手里，妻子把她左手放到他的右手里，海德格尔在房前走，在房后走，朝他的房子走，又离开房子往外走，他阅读着，吃着，用勺儿舀着汤喝，切下一块（自己烤制的）面包，打开一本（自己写的）书，把一本（自己写的）书合上，弯腰，又伸展开来，等等。雷格尔说，真让人恶心。瓦格纳追随者们已经让人无法忍受了，更不要说海德格尔的崇拜者了。雷格尔说，不可以把海德格尔与瓦格纳相提并论。后者确实是一位天才，是天才这个概念的最好注解，而海德格尔只不过是哲学上的一个小小的晚辈而已。很清楚，海德格尔是这个世纪里娇生惯养的哲学家，同时也是其最平常的一位。到海德格尔那里朝圣的主要是那些把哲学同烹饪术混淆起来的人，他们认为哲学是油炸的、火烤的和水煮的东西，完全符合德国的口味。海德格尔住在托特瑙贝格他的家中，像一头母猪，卧在黑森林的基座上让人奉若神明。哪怕是著名的、令人敬畏的德国北部的报刊出版人也毕恭毕敬地张着嘴，跪在他的长凳前，仿佛期待着夕阳西下时从坐在长凳上的海德格尔那里得到精神圣饼。所有这些人都到托特瑙贝格朝拜海德格尔，雷格尔说，他们一路走进哲学的黑森林，登上神圣的海德格尔山，跪倒在他们的偶像前。像他们这般愚钝的人无法知道他们的偶像是一个精神上不中用的人。雷格尔说，他们甚至对此一无所知。海德格尔这个插曲对于德国人的哲学家崇拜是很有启迪作用的一例。雷格尔说，他们总是依靠错了对象，依靠那些同他们相类似的愚钝、不可靠的人。他说，最可怕的是我与这两个人都有亲缘关系，施蒂夫特是我母亲那边的人，海德格尔是我父亲那边的人，雷格尔昨天说，这简直荒诞得很。即使与布鲁克纳也有亲戚关系，虽然是拐弯抹角的那种，可那毕竟是亲戚。但我并不为有这种关系而感到羞耻，我自然不会这样愚蠢，雷格尔说，当然我也不一定像我的父母那样，不像我的家庭那样对此欢欣鼓舞。我大多数祖先，无论原籍是上奥地利，还是笼统地说是奥地利，或者是德国，他说，都像我父亲那样是商人，是实业家，早年自然都是农民，主要来自波希米亚，来自阿尔卑斯山前地区，并且曾有某些犹太血统。在我的祖先中有一位主教和一个双料杀人犯。我总是说，不，我不会更进一步去仔细查证我的出身，否则很可能我会逐渐地挖掘出更多可怕的事情来，我承认，我害怕出现这样的结果。雷格尔说，人们去查找他们的祖先，在家史里反复地挖掘，直到把一切都翻了个遍，结果更加地不满，加倍地受到伤害和感到绝望。他说，我从来不是一个所谓搜寻祖先、靠祖先的荣耀过日子的人，我没有这个必要，丝毫没有，但是逐渐的，祖先中那些古怪的榜样却拦住了像我这样一个人的路，这种情况没有人能够避免，不管他如何不情愿，如何反抗搜寻祖先，但他还是在挖掘和查找。总的来说，我的出身是一种很有意思的混合体，所谓包罗万象，一应俱全。在这方面我若少知道一点会更有益处，但是，他说，岁月会让许多事情自动披露出来。他说，我很喜欢那位学木匠手艺的徒弟，一八四八年在卡塔洛学会读书写字，并且把这事情自豪地写信告诉住在林茨的父母。他说，这个学木匠手艺的徒弟是母亲家族里的，曾作为炮兵驻扎在卡塔洛，即今天的科托，我今天仍然保留着这个十八岁的年轻人兴奋地从卡塔洛往林茨他父母那里写的那封信，上面有帝国邮政注明的字样：内容可疑。雷格尔说，我们的一切都来自我们的祖先，是集祖先之大成，当然再加上我们自己的成分。与施蒂夫特有亲戚关系使我一生都觉得很得意、很了不起，直到我发现施蒂夫特

87

并不是我一直所崇敬的大作家、大文学家。我也总是知道我与海德格尔有亲戚关系，父母一有机会就会泄露这层关系。与施蒂夫特我们有亲戚关系，与海德格尔有亲戚关系，与布鲁克纳也有，我们父母一有机会就会提到，让我经常感到尴尬。人们总是认为同施蒂夫特有亲戚关系非同寻常，至少在上奥地利是如此，甚至于对于整个奥地利社会来说，这至少等于说与弗兰茨·约瑟夫皇帝有亲戚关系，但是如果说既与施蒂夫特又与海德格尔有亲戚关系，那就是难以设想的最不寻常、最让人羡慕的了，在奥地利是如此，在德国也是如此。雷格尔说，如果在适当之时还说也与布鲁克纳有亲戚关系，那么人们就会惊讶得一塌糊涂了。在亲戚中有一位著名作家已经很不寻常，如果还有一位著名哲学家，自然更加不寻常，雷格尔说，但同时又与安东·布鲁克纳是亲戚，那就是闻所未闻的了。父母亲很会经常利用这一事实，从中捞到好处。关键是要找到恰当的地方出手，每当他们想在上奥地利得到好处，比方从每个上奥地利人都依赖的州政府那里，那不言而喻自然是要说到他们的亲戚阿达尔贝特·施蒂夫特；如果他们在维也纳有什么问题，那么他们就会说出他们与布鲁克纳的亲戚关系，雷格尔说，如果是在林茨，或者在韦尔斯、埃费尔丁有什么问题，就是说在上奥州遇到了问题，自然他们就把施蒂夫特抬了出来；如果他们的问题涉及维也纳，他们就说布鲁克纳是他们的一位亲戚，如果他们在德国旅行，那么每天能说上一百遍，海德格尔是他们的一位亲戚，他们总是一再说海德格尔是他们的近亲，而不老老实实地说怎么个近法，海德格尔确实与他们，也与我有亲戚关系，但是如人们常说的是那种八竿子也打不着的亲戚，雷格尔昨天说。我们与施蒂夫特是近亲，与布鲁克纳也不远，雷格尔昨天说。但是他们亲戚中有一个双料杀人犯，他长大成人后一半时间在多瑙河畔的施泰因，另一半时间是在施泰尔附近的加斯腾度过的，就是说在奥地利两座最大的监狱里度过的，这件事他们当然从来不说，尽管他们同样也应该说。我本人，雷格尔说，从不惧怕说出我有一个亲戚在施泰因和加斯腾坐过监牢，对于一个奥地利人来说，讲自己有这样的亲戚无疑是最糟糕的事情，我与他们不同，我经常讲这个事实，不一定等非说不可的时候，因此我也就自然被解释为性格懦弱。我也从不隐讳我曾患有肺病，肺部总是有病，他说，在我一生中，我从来不怕讲出自己的缺点和毛病。雷格尔昨天说，我与施蒂夫特有亲戚关系，与海德格尔和布鲁克纳，还和一个在施泰因和施泰尔服过刑的双料杀人犯有亲戚关系，即使没有人问我，我也经常这样讲。他说，不管我们的亲戚怎么样，我们活着，就不能否认这

89

样的亲戚。我们就是这些亲戚关系，他说，在我身上我就是这些关系的总和。雷格尔喜欢雾和昏暗，他怕光，所以他到艺术史博物馆，也去国宾饭店，不论艺术史博物馆还是国宾饭店光线都很弱，他上午在艺术史博物馆，在那里他享受着对于他是最理想的十八摄氏度室温，下午在国宾饭店有他最感舒适的二十三度室温，还不算这两处除此以外其他他让他感到惬意、如他所说感到珍惜的地方。在艺术史博物馆与在国宾饭店一样阳光照射不进来，他觉得合适，他不喜欢阳光。他躲避阳光胜过躲避任何别的什么。他说，*我恨太阳，您知道吗，在这个世界上没有什么比阳光更让我恨的了。我最喜欢有雾的天气，早早地就走出家门，甚至于破例去散步*，他平素从不散步，说到底他恨散步。他说，*我恨散步，我觉得没有意思，散步时我走啊走啊，心里总是在想我恨散步，不去想任何别的什么。我不懂竟然有人在散步时还能思考，除了散步没有意义没有用处还能思考别的方面*。他说，*我最喜欢在我的房间里走来走去，会不断有奇思妙想。我可以几小时地站在窗前朝下望着大街，这是我在儿时养成的习惯。我朝下边大街望着，观察行人，问自己他们是做什么的，他们到下边大街上来做什么，这可以说是我的主要工作*。他说，*我总是与人打交道，对自然本身我从来不感兴趣，我头脑中的一切都与人有关，*

90

可以说我是所谓的人的狂热信奉者，当然不是人类的狂热信奉者，而是人的狂热信奉者。他说，我总是对人感兴趣，因为从本质上说他们让我厌恶，没有什么像人那样强烈地吸引我，同时人也使我比对任何别的什么都厌恶。我恨人，但是他们同时也是我生存的唯一目的。每逢我晚上听完音乐会回到家里，我经常直至午夜一两点钟站在窗前望着下边的街道，观察那里的行人。在观察中我逐渐谋划着我的文章。我站在窗前看着下边的街道，同时构思着我的文章。凌晨两点左右我并不上床睡觉，他说，我坐到写字台前写我的文章。三点钟左右我上床睡觉，但七点半左右我就起床了。我这个年龄自然不需要很多睡眠，有时只睡三四个钟点就已经足够了。每个人都有一个给口饭吃的东家，他言不由衷地说，我的东家是《泰晤士报》。他昨天说，有个东家很好，要是我们有一个秘密的东家就更好，《泰晤士报》就是我秘密的东家。我观察他很长时间了，而并没有真正地去盯着他看。他昨天说，在童年时代以及接下来的青年时代，他当然并不拥有一切可能性，但拥有了许多个，但最后他没有把任何一个这种可能性定为他的职业。他从父母那里继承了不菲的遗产，不必非干什么挣钱维持生活，可以多年不受干扰地只按着自己想的去做，按照自己的喜好和兴趣。从一开始大自然就对他没有吸引力，相反，他

91

尽其可能躲避它，吸引他的是艺术，他昨天说，一切人为的，绝对人为的一切。他很早就对绘画感到失望，他从一开始就觉得绘画是艺术中最没有才智的。他如饥似渴地读了很多书，但从未想到自己要拿起笔来写，他从未敢去这样做。从一开始他就喜欢音乐，他在音乐中还找到了在绘画中和在文学中所缺失的。他说，我并非出生于一个音乐家庭，相反，我的家人都没有音乐细胞，总的来说全都是与艺术格格不入的。在我父母双双去世后，我才能把艺术作为第一爱好全力以赴地去做，我的父母总是阻挠我从事我出自内心热爱的事情，他们若不去世，我必定无法去做我想做的事情。我父亲对音乐一窍不通，他说，我母亲却有音乐天赋，我甚至认为她在这方面的天赋很高，但是她的丈夫逐渐地把她的音乐天赋给驱逐掉了。我的父母是一对很可怕的夫妻，他说，他们在心里相互仇恨，但却不能分离。财产和金钱把他们拴在一起，这就是真情。我们家里墙上挂着许多很美、很贵重的画儿，但他们几十年里从来都不瞧上一眼，在书架上我们有几千本书，但几十年里他们从来都不读，我们家里还有一架贝森朵夫钢琴，那种大三角钢琴，但几十年里没有人弹奏它。他说，假如说钢琴的盖子是焊住了，那他们几十年里也不会发现。他说，我父母有耳朵，但是他们什么也听不见，他们有心脏，但

92

是什么也感觉不到。我就是在这种冷漠的环境中长大的。他说，我的生活中没有令我痛苦的艰难，但是我每天都处在深深的绝望中。他说整个童年可以说充满了绝望。我父母亲不爱我，我也不爱他们。生养了我他们认为是我的错，他们不能原谅，一辈子都不能原谅，他们生下了我成了我的过错，是我把他们给毁了。如果有地狱存在的话，当然是有地狱存在的，他说，那么我的童年就是地狱。很可能童年总是地狱，他说，童年就是这个地狱，不管它是什么样，它就是地狱。人们说他们曾有美好的童年，但它的确是地狱。人们什么都伪造，他们也伪造他们逝去的童年。他们说，我有过美好的童年，但他们曾有的只是地狱。人越是上了年纪，越是容易说，他们有过美好的童年，实际上他们的童年就是地狱。他说，地狱没有来，地狱曾经在，因为地狱是童年。他昨天说，为了从这座地狱里出来我付出了多大的代价呀！他说，只要我的父母还活着，那对我来说就是地狱。我的父母阻碍了我的一切。他们对我的保护是通过持续不断的压制，几乎将我保护得连命都没有了。只有我父母死去，我才能生活，当我父母死掉了，我就活起来了。他昨天说，归根到底的确是音乐给了我生命力。但是我自然不想，也不能够做一个进行创作或表演的艺术家，他说，无论如何不是一个进行创作和表演的音乐艺家，而只是一个批评家。他说，我是一个从事批评的艺术家。我一辈子都是一个从事批评的艺术家。他说，在我童年时代即如此，我童年的环境让我很自然地成了一个从事批评的艺术家。我觉得自己就是艺术家，而且是一个从事批评的艺术家，作为一个从事批评的艺术家当然同时也是富有创造性的，这是显而易见的，就是说，是富有创造性的从事批评的艺术家。他说，同时还是《泰晤士报》的富有创造性的从事批评的艺术家。我完全把给《泰晤士报》写的短篇报道视为艺术品，我想，作为这些艺术品的作者，我总是集画家、音乐家和作家于一身。知道自己作为《泰晤士报》的撰稿人，作为这些艺术文稿的作者，集画家、音乐家和作家于一身，这是极大的满足，这是我最高的享受。他说，我不像画家那样只是画家，像音乐家那样只是音乐家，像作家那样只是作家，您要知道，我是集画家、音乐家和作家于一身。我的确感觉这是极大的幸福，我是涉足所有艺术门类的艺术家而又确实只是一种艺术的艺术家。他说，艺术批评家可能是既在各种艺术领域又仅在唯一的一个领域里耕耘的艺术家，并且他本身又意识到，完全意识到这一点。具有这样的意识我感到幸福。在这个意义上我三十年以来就是一个幸福的人，他说，尽管从本质上说我是一个不幸的人。他昨天说，有思想的人从本质上说是不幸的人。即使这样一个不幸的人也能够幸福，他说，一个用脑子思考的人总归还是会拥有真正意义上的幸福，他的劳作是真正意义上的为了消遣。童年是一个黑洞，孩子被父母推到黑洞里边去，然后得全靠自己从里边重新出来。大多数人无法从这个童年的黑洞里出来，一辈子在里边出不来，饱受痛苦。因此大多数人皆因无法从童年的黑洞里出来而抑郁不振。要想从里边出来就要做出超凡的努力。他说，如果不能及早地从童年的黑洞里出来，就是说脱离这昏暗的洞穴，就永远出不来了。他说，要想从这童年黑洞里出来，父母得先去世。他们得永不生还，确实永远地离开，您知道吗，那孩子才有可能离开童年的黑洞。他说，我的父母最愿意在我出生后立刻将我塞进他们的保险柜里，与他们的首饰和有价证券放在一处。他说，我的父母很苦恼，一生一世都苦不堪言。我收藏的所有我父母的照片，不看则已，你要看便看到他们一脸的苦恼。孩子的父母几乎都是苦恼的，因此所有的父母看上去都苦不堪言的样子。苦恼和失望是这些面孔的特征，您很难找到另外一种面孔，您比方说可以在维也纳大街上走上几小时，在所有您看到的面孔上只有苦恼和失望，在乡下也是如此，那里的面孔也充满了苦恼和失望。我的父母生下了我，当看到他们的作品时，他们大吃一惊，多么希望根本就没有生下我，但是这是无法挽回的。由于他们无法将我锁进他们的保险柜里，就把我推进了那昏暗的黑洞里，他们生活在这个世上时，我没有从里边出来过。父母总是不负责任地生孩子，每逢看到他们生的孩子便大吃一惊，因此每当有孩子出生时，我们总能看到其父母那惊诧的面孔。父母们通常总是虚伪地说生孩子就是奉献一个生命，实际上的情形怎样呢？完全是把深深的不幸生到了世上，给这个世界带来痛苦，尔后大家又总是对这深深不幸的到来感到吃惊。雷格尔说，大自然始终用这些父母生产出傻瓜，又把这些傻瓜变成童年黑洞里不幸的儿童。人们大言不惭地说，他们有个幸福的童年，然而实际上他们的童年是不幸的，他们付出极大的努力才挣脱出来，出于这个理由他们说他们的童年是幸福的，因为他们逃脱了童年地狱。他说，离开童年就等于说离开了地狱，于是如果说某某曾有一个幸福的童年，那就保护了不该受到保护的父母。说曾有一个幸福的童年，这样说是在为父母开脱，这无疑是社会政治方面的一个弊端，他说。我们庇护了父母，而不是一辈子去控告他们生产人这一罪行，他昨天说。三十五年里他们运用一切可能的手段压迫我，使用他们那可怕的方法折磨我。我丝毫也不顾及我的父母，他们不值得我这样做。他说，他们对我犯下了两桩罪行，两桩重罪，他说，他们没有问我什么就造就了我，把我生出来，然后就像他们造我生我一样又压迫我，他们对我犯下了生产罪和压迫罪。他们作为父母尽其所能毫无顾忌地把我推进昏暗的童年黑洞。他说，我有一个姐姐，您知道的，夭折了，她的早死才使她逃脱了父母，父母同样毫无顾忌地像对待我一样对待她，他们心怀失望的创伤压迫我和我的姐姐，她没有坚持多久，突然在四月的一天死去，出乎意料地，刚长大成人，她那年才十九岁，我跟您说，她死于所谓的心脏猝死，当时母亲正在二楼忙活着我父亲的生日庆祝活动，在二楼跑来跑去为的是别出什么纰漏，在二楼走来走去拿着盘子、杯子，拿着餐巾和点心，把我和我的姐姐弄得几乎发了疯，她在父亲大清早离家后就开始张罗准备生日了，我们知道她总是很痴迷于生日活动，歇斯底里地疯狂准备着，招呼、催促着我和我姐姐楼上楼下地跑，到地下室到过道，出来进去，一再考虑着生日庆祝别出现纰漏，把姐姐和我指使得满世界转，去帮助她准备生日庆祝，今天仍记得很清楚，当时我整个时间一直在想，是父亲的五十八岁还是五十九岁生日；整个时间一面在各个房间、空间里跑着，一面想着是五十八岁还是五十九岁生日，或者甚至是六十岁生日，雷格尔说，不会是六十岁，是五十九岁生日。他说，吩咐我做的是打开所有的窗户，让新鲜空气进来，当时，在儿

97

童时代和青年时代我就恨穿堂风，但按照母亲的吩咐，我必须随时把所有的窗户都打开让空气进来，他说，我于是总要做我憎恨的事情，再也没有什么比把所有的窗户都打开让新鲜空气从所有窗户里吹进房里来，没有什么比从四面八方吹进房里的穿堂风更让我恨的了，他说，但是我当然无法抵抗父母之命，总是严格地执行父母所有的命令，从来不敢拒绝去做，不管是母亲的还是父亲的，父母的每一个命令我都自动地严格地照做不误，雷格尔说，我曾想逃脱父母的惩罚，父母的惩罚总是可怕的、残酷的，我害怕父母的拷打，因此我总是严格地执行父母的一切命令，他说，不管是什么样的命令，哪怕我认为是最荒唐的也执行，让我在父亲生日这天打开所有的窗户让穿堂风进来，当然也不在话下。母亲给我们大家都过生日，没有哪一个生日被忘记过，我恨这些生日庆祝活动，您可以想象我是多么恨所有这些庆祝活动，我恨一切庆祝活动，直至今日的一切庆祝活动，没有什么比庆祝和被庆祝更让我厌恶的了，我是庆祝活动的仇恨者，他说，从童年起我就恨一切庆祝和纪念活动，尤其恨过生日，不论是怎样一个生日，最恨父母过生日；一个人怎么会庆祝他的生日，我总是想，因为这的确是世界上的不幸啊，我总是在想，如果人们把他们的生日那天定为一个纪念时刻，借以不要忘记他们的生身父母对他们犯下的罪行，这我倒可以理解，怎么也不能成为一个节庆日呀！他说。庆祝我们父亲生日搞得那么排场我很讨厌。再加上还总是邀请我憎恨的一些人，大吃大喝一通不说，最令人厌恶的自然是那些对过生日者的致辞，给过生日者送的那些礼物。没有什么比人们乐此不疲的生日庆祝更虚伪的事情，雷格尔说，没有什么比庆祝生日的虚伪和谎言更让人厌恶的了。他说，我姐姐确实是在父亲五十九岁生日那天死去的。我站在二楼的一个角落，一边躲避寒冷的穿堂风，一边观察着我的母亲，看着她以办理生日活动那种歇斯底里的快速在各个房间里穿梭，从一个房间里拿出一只花瓶送到另一个房间，把一个糖罐子从一张桌子拿起放到另一张桌子上，把一块桌布放到那边，把另一块放到这边，把一本书放到那边，把另一本书放到这边，把一束鲜花放到那边，把一束鲜花放到这边，突然从下边，从地面上传来咕咚一声。母亲也听到了从下边传来的声音，停住了脚步。在听到了沉闷的一声响后，母亲蓦然停在那里不动了，脸色苍白，他说。发生了可怕的事，我母亲和我在这一刻都明白了。我下楼来到前厅，发现姐姐躺在地上。雷格尔说，是啊，心脏猝死这种死法令人羡慕。他说，我们自己哪怕只有一回猝死，那也是最大的幸福。雷格尔昨天说，我们希望迅速没有痛苦的死，而实际

99

上却经常病得长年累月不死不活地躺在床上，他妻子的情况让人感到欣慰，她没有长久的重病在床痛苦不堪，像有些人经常多年卧床不起那样，他说，他妻子病倒只有几周便走了。自然一个人失掉了终生的伴侣是无法不痛苦的。他昨天说，这也是一个方法，我从一旁观察他，就是说一天之后，在他后头是伊尔西格勒，他朝塞巴斯蒂亚诺展厅里边看了看，没有注意到我，我仍在继续观察着雷格尔，他仍然在注视着丁托列托的《白胡子男人》，这也是一个方法，他说，把一切都弄成可笑的漫画。一幅大师的杰作，他说，只有当我们把它变成了一幅可笑的漫画才能忍受，一个重要的人，一个所谓伟大的人物，他说，也是如此，这一位作为重要的人，那一位作为伟大的人物，我们无法忍受他们，他说，我们得把他们变成漫画上的人物。每当我们长时间地观看一幅画，如果它是一幅特别严肃的画，那么我们必须把它变成一幅漫画，他说，我们才能忍受，同样我们必须把父母变成漫画中的人物，把我们的顶头上司、把整个世界变成漫画，他说。如果您长时间地注视伦勃朗的自画像，随便哪一个，您逐渐地肯定会觉得它变成了漫画，您便转过头不再去看。他说，如果您长时间地注视您父亲的脸，您会觉得他变成了漫画中的人物，您会转过头不再看他。您如果深入地、越来越深入地读康德，您

100

会突然大笑不止。他说，每一个原作实际上本身就是伪造，您肯定明白我说的意思。自然在这个世界上，您要说在大自然中也可以，有些现象我们无法让其变得可笑，但是在艺术中，一切都能变得可笑，他说，如果我们愿意，如果我们有必要的话，每个人都可以被变得可笑，被变成漫画中的人物。他说，如果我们能够把什么变得可笑，但是我们总是不能够去做，我们就会陷于绝望，我们就会倒霉了。他说，不管是哪一件艺术作品，都可以被弄成滑稽可笑，它很伟大地出现在你面前，顷刻之间您就能让它变得可笑，对一个人也是如此，您非把他弄得可笑不可，别无他法。但大多数人本来就是可笑的，大多数艺术品本来就是可笑的，雷格尔说，您不必再费事去把它们弄得可笑了，不必再把它们变成漫画中的人物了。他说，但是大多数人不会运用漫画手法，他们观察一切始终都极其严肃，他们根本想不到去运用什么漫画手法。他说，他们受到教皇的接见，对教皇及其接见很认真，而且一辈子都不改变；其实很可笑，教皇的历史充斥着讽刺性漫画。他说，自然圣彼得大教堂是宏伟的，但它确实也是可笑的。如果您走进去，完全摆脱那成百上千，甚至十万百万天主教谎言的影响，您不必久等，整个圣彼得大教堂在您看来就变得可笑了。如果您私下会见教皇，期待着他的到来，还没等他来，您就觉得他可笑了，他穿着那式样很俗气的白色纯丝长袍的样子，确实是很可笑的。雷格尔说，不论您往哪儿瞧，梵蒂冈的一切都是可笑的，只要您摒弃天主教的历史谎言、天主教的历史感伤情怀和天主教世界史的装腔作势。您知道吗，天主教教皇活像浓墨重彩、身着艳装旅行世界的玩偶，坐在防弹玻璃罩下面，周围簇拥着同样浓墨重彩、身着艳装的各级玩偶，多么令人厌恶，多么可笑。您与我们的一位叫苦连天的末代国王谈谈话看，多可笑呀。您与一位我们的固执的共产党首脑谈谈话看，多可笑呀。您去参加新年招待会，去见见我们那位啰里啰唆的、以一国之首自居的、胡诌八扯的联邦总统，您会觉得可笑得反胃。他说，卡布齐纳教堂墓穴、霍夫堡皇宫，都是何等的可笑啊。您去马耳他教堂去观看马耳他人，他们身穿马耳他长袍，那白色的、假贵族的愚蠢的脑袋在教堂的灯光下闪闪发亮，您除了感觉可笑还能有别的什么感觉吗？您去听天主教红衣主教布道，或者去大学参加授学衔典礼，多么可笑呀。雷格尔说，今天在这个国家里，无论我们往哪儿看，我们都会见到一粪坑的可笑。我亲爱的阿茨巴赫尔，每天早晨都由于如此多的可笑让我们羞得脸红，真的是这样。您去参加颁奖典礼，阿茨巴赫尔，多么可笑嘛，可笑的人物，越装模作样越是可笑，他说，一切都是漫画，一切都是。

他说，您把一个很好的男子称为您的朋友，后来他忽然成了名誉教授，从此称自己为教授，让人把他的教授头衔印在信纸上，其妻到肉铺买肉忽然也有了教授太太的身份，不必像其他那些没有教授丈夫的女人那样排队等候。多可笑呀。他说，宫殿城堡里的金灿灿的楼梯、金灿灿的沙发椅和金灿灿的长椅，上边都是些假民主的白痴，多么可笑。您沿着克恩滕大街走，您会觉得一切都很可笑，所有的人都很可笑，您走过整个维也纳，他说，到处逛游，您会觉得整个维也纳忽然变得很可笑，所有的来到您面前的人都是些可笑的人，所有您遇到的事情都很可笑，您生活在一个地地道道可笑的、实际上衰败的世界上。他说，您得一下子把全世界都变成讽刺漫画。您有力量这么做，您有很强的精神力量，他说，这力量是很必要的，是唯一的让您得以继续生存的力量。他说，只有我们最终能觉得是可笑的，我们才能掌握它，只有我觉得世界及在其中的生活是可笑的，我们才能继续生活下去，没有其他的更好的方法。他说，处在赞叹的状态中我们坚持不了多久，如果不能及时地结束这种状况，我们就走向灭亡。我这一辈子总是远离赞叹这种精神状态，赞叹对于我是完全陌生的事物，既然没有奇迹存在，赞叹之于我也就总是陌生的，没有什么比我看到人们在赞叹更让我厌恶了，这些人患有某种赞叹病。您走进一座教堂，看到人们在赞叹，您走进一家博物馆，看到人们在赞叹。您去听音乐会，那里人们也在赞叹，这是多么讨厌。真正的理智是不会去赞叹的，它注意到了，它尊重，它重视，这就够了。他说，人们仿佛背着装满赞叹的背包走进所有的博物馆、所有的教堂，因此在所有这些教堂和博物馆里总是一副讨厌的卑躬屈膝的模样。他说，我还从来没有看到有人完全自然和正常地走进教堂或者博物馆，最令人恶心的是人们在一路赞叹不绝的旅行到达目的地克诺索斯[1]和阿格里真托[2]的样子。赞叹使人盲目，雷格尔昨天说，它让赞叹者思想迟钝。大多数人一旦进入赞叹状态就再也不能出来，就变得呆钝、麻木了。大多数人就是因为赞叹而一辈子头脑迟钝。雷格尔昨天说，没有什么要赞叹的，根本就没有。雷格尔说，对这些人来说，尊重和重视太难做到了，于是就去赞叹，他们觉得这样做比较简单易行。雷格尔说，赞叹比尊重和重视容易做到，赞叹是蠢人的特征。只有蠢人才赞叹，智者不赞叹，他尊重、重视、理解，就是这样。要做到尊重、重视和理解需要有才智，这些人没有才智，思想平庸，他们确实愚钝地去参

---

1 克诺索斯（Knossos），古代克里特城，传说中米诺斯王国的首都，爱琴海高级青铜时代文化中心。

2 阿格里真托（Agrigento），意大利阿格里真托省省会，有许多著名的古希腊、古罗马的遗迹如寺庙和洞穴圣殿等，有多座建于中世纪的大教堂，还有许多博物馆。

观金字塔和西西里岛的罗马式圆柱，去参观波斯寺庙，用赞叹来浸淫自身和他们的愚钝。雷格尔昨天说，赞叹的状态是一种弱智状态，几乎所有的人都在这种状态中生存。他说，他们大家也就是以这种状态到艺术史博物馆里来的。雷格尔说，人们背负着沉重的赞叹，他们没有勇气像在楼下的衣帽间里存放大衣一样把他们的赞叹存放。于是用赞叹全副武装着吃力地在各个展厅里行走，让人看了十分不舒服。赞叹不仅是所谓没有文化修养者的标志，完全相反，它实际上主要是那些所谓有文化修养的人的标志，这听起来着实让人感到惊骇，也因此让人更加反感。雷格尔说，没有文化者去赞叹，因为他们太愚蠢，不能不赞叹，有文化的人这样做那的确太反常了。所谓没有文化的人去赞叹是完全自然的事情，所谓有文化的人去赞叹则简直就是违反常情，是变态。雷格尔说，您看贝多芬，这位执着的抑郁者，国家艺术家，地地道道的国家作曲家，人们赞叹他，但归根到底他是一个令人十分厌恶的现象，贝多芬的一切或多或少是滑稽的，如果我们听贝多芬，那么我们不断地听到的是滑稽的手足无措，即使在他的室内音乐作品中我们听到的也是轰隆作响、气势磅礴和进行曲的愚钝。雷格尔说，如果我们听贝多芬的音乐，我们听到的与其说是音乐不如说是咆哮，是音符以国家的愚钝为旋律的齐步前进。

雷格尔说，我听一段时间的贝多芬，比如《英雄交响曲》，我注意地倾听，的确进入了一种哲学-数学的状态，直至我突然看到了《英雄交响曲》的作者，一切都破碎了，因为在贝多芬那里一切确实都在齐步前进，我听《英雄交响曲》，它确实是一部哲学乐曲，地地道道的哲学-数学音乐，雷格尔说，突然一切都受到了破坏，都破碎了，因为当交响乐手如此自信地演奏时，我每时每刻都听到了贝多芬的挫折，他的失败，看到他那进行曲音乐脑袋，您明白我的意思吗？于是我无法忍受贝多芬了，就好似我无法忍受我们的胖子或者瘦子歌唱演员中的某位把《冬之旅》唱得一塌糊涂，您知道吗？这位唱歌曲的歌唱家穿着燕尾服，靠着大三角钢琴唱着那段《乌鸦》，我总是无法忍受，觉得很可笑，他从一开始就是漫画上的人物，雷格尔说，没有什么比一个身穿燕尾服、站在大三角钢琴旁唱着歌曲或者咏叹调的演唱者更可笑的了。如果我们没有看到舒伯特的音乐被如何演奏，如果我们没有看到这些极其平庸的、为虚荣所惑的表演者，那么舒伯特的音乐是多么了不起啊！但是如果我们在音乐会大厅里，我们自然看到了他们，一切都因此只能是令人难堪的可笑，是听觉和视觉的灾难。雷格尔说，我不知道钢琴演奏者是否比歌唱演员更可笑、更难堪，这是一个问题，要视我们正好置身其中的智力状态而定的问题。他说，在音乐表演时我们所看到的自然是可笑的，是漫画，因此也是令人难堪的。男歌唱演员是可笑的，是令人难堪的，任凭他们怎样唱，不管是高音还是低音。所有的女歌唱演员也都总是可笑的，是令人难堪的，无论她们怎么穿，怎样唱。他说，表演台上的弹拨乐器演奏者、弦乐器演奏者都是非常可笑的。即使当年那个令人厌恶的胖巴赫坐在托马斯教堂的管风琴旁也只能是可笑的、令人十分难堪的现象，对此并不存在争论。是的，艺术家们即使是最有影响的，所谓最伟大的，也都只能是拙劣的煽情者，是令人难堪和可笑的。托斯卡尼尼[1]、富特文格勒[2]，这一个太矮小，那一位太高大，多么可笑和拙劣煽情。您若到剧院去，您简直会因为那里的可笑、令人难堪和拙劣煽情而呕吐。那里的舞台上在说些什么，怎样说，让您作呕。他们表演经典的令您作呕，表演通俗的令您作呕。他说，这些经典的、现代的所谓高雅和通俗的戏剧不是别的，都是可笑的装腔作势和令人难堪的煽情。今天整个世界都是可笑的、极其令人难堪的和拙劣煽情的，这是事实。伊尔西格勒走近雷格尔，又在他耳边低声说了些什么。雷格

1　阿尔图罗·托斯卡尼尼（Arturo Toscanini，1867—1957），意大利著名指挥家，以指挥威尔第歌剧和贝多芬交响乐而蜚声乐坛。

2　威廉·富特文格勒（Wilhelm Furtwängler，1886—1954），德国指挥家，以指挥贝多芬和瓦格纳作品著称。

尔站立起来，四外看了看，与伊尔西格勒走出了博尔多内展厅。我看了下表，时间是十一点二十分。我为什么十点半钟就来到博物馆，一个理由就是要准时赴约，雷格尔像我一样最注重做事准时，对我来说，在同人们交际中遵守时间的确是最重要的。我只能忍受准时，而不能容忍不准时。遵守时间是雷格尔的，也是我的一个根本特征。我与人订了约会，就一定切实遵守约定的时间，雷格尔也是如此，总是遵守约定的时间，关于准时不误他曾跟我讲了多次，同样也谈到信誉，雷格尔经常说，遵守时间和可以信赖是一个人最重要的品格。我可以说，我是一个不折不扣的遵守时间的人，我总是最恨不遵守时间，我从不允许自己不遵守时间。雷格尔是我认识的所有人当中最遵守时间的人。如他所说，在他一生中从未迟到过，至少没有因为自己的过错而迟到过，像我一样，在我一生中，至少在成年以后，从来没有因自己的原因而迟到过，不遵守时间是我最反感的事情，与不遵守时间的人我没有共同语言，我不与不遵守时间的人来往，同他们没有任何关联，也不想同他们有什么关联。不遵守时间是严重的漫不经心，我看不起这种人，厌恶这样的性格特征，它带给人的只能是堕落和不幸。雷格尔说过，不遵守时间是能置不遵守时间者以死地的疾病。雷格尔已经站起来走出了博尔多内展厅，恰好这时一批上了年纪的参观者走进了博尔多内展厅，我一眼就看出是俄国人，引导他们的女翻译我同样很快就认出是乌克兰人，他们从我身旁经过，具体说离我很近，把我挤到一边的角落里。这些人拥挤着进了展厅，把人挤到一边，一句道歉的话也不说，我这样想着，已经被挤到靠着墙。雷格尔在伊尔西格勒跟他咬了一阵耳朵之后就走出博尔多内展厅，同时这一小批俄国人走了进来，在博尔多内展厅排兵布阵，以至于我无法从塞巴斯蒂亚诺展厅里向博尔多内展厅观望了，这一批人把我观看博尔多内展厅的视线完全挡住了。我只能看见这一批俄国人的后背，听见乌克兰女翻译对他们讲述，她与所有其他在艺术史博物馆的讲解员一样，讲着一些没有用的东西，她往这些她的牺牲品的脑袋里塞进的是那些通常惹人讨厌的胡诌八扯。她说，请诸位看一下那张嘴，您看，她说，这一对向外裂的耳朵，在那儿，您看天使面颊那柔和的玫瑰色，在那儿，您看背景上的地平线，仿佛没有她乏味的讲述人家就看不到丁托列托艺术作品上的这一切了。博物馆里的讲解员对待跟随他们的参观者像对待傻瓜一样，最大的傻瓜，而他们自己则从来不是这样的傻瓜，他们总是着重给参观者讲解那些很明显很容易看到的一切，那些根本就不必要讲解的一切，然而他们不厌其烦地不停地讲啊，指给他们看啊，

109

给他们解释啊。博物馆里的讲解员是一些没有价值的讲废话的机器，他们把自己调试好，只要他们给参观者讲解，这废话机器就开始工作，年复一年永远是那一套。博物馆讲解员是一些没有用处的夸夸其谈者，他们对艺术一窍不通，肆无忌惮地利用艺术，令人作呕地大放厥词。博物馆的讲解员整年地喋喋不休对艺术胡说八道，并且为此收入不菲。我被一批俄国参观者挤到角落里，看到的都是他们的背影，是他们身穿的俄国的厚重冬大衣，里边发出刺鼻的卫生球气味，这批俄国人显然从旅游大巴下来后直接冒着蒙蒙细雨走进了博物馆展厅。由于我几十年来受呼吸困难的折磨，本来每天都有几次我以为非窒息不可了，即使在户外也常发生这种情况，此刻，虽然实际上只有几分钟在这批俄国人后头，我感到很不舒服，被挤在塞巴斯蒂亚诺展厅的角落里，呼吸散发着卫生球味的难闻的空气，这空气对我软弱的肺叶来说着实太重了。无法顺畅呼吸。本来在艺术史博物馆里我呼吸就有困难，更不用说这里又进来了这么多俄国人。乌克兰女导游对俄国参观者讲的是所谓地道的莫斯科俄语，我能听懂个大概，不过她的发音听起来可怕得刺耳，每当她把什么用德语说，比如天使的头，那听起来就让人感到恐怖了。我暂时还不能说女导游带着这批俄国人是否从俄国过来的，或者她本人是不是战后到维也纳来的一位俄国女流亡者，她们今天还到维也纳来，这些犹太族俄国女流亡者，非常富有才智，在私下里对维也纳产生着举足轻重的影响，使维也纳社会的精神领域获益匪浅。俄国的这些犹太流亡者实际上是维也纳社会生活中激活才智的调味品，他们长期以来总是如此，没有他们维也纳的社会生活肯定就乏味了。当然如果这些人一旦狂妄起来，试图控制一切，那会让人心烦，但这位女译员不会是这种俄国流亡者的典型，我以为，如果她真的如上所述是这样一位俄国流亡者，那么更像是与这批俄国人一起从俄国来到维也纳，她与这批俄国人说俄语的样子表明，推测她是一位俄国流亡者是不对的，正确的应该是她与这批俄国人一起来到维也纳，可能今天才从俄国来到维也纳，至少在我看到她的衣着后我立刻这样认为，尤其是她穿的靴子，确实没有一点西方的味道，也许她是一位受过艺术史教育的共产党员，在我有机会上下打量了她之后，我这样想。我上面所说的那些维也纳的俄国流亡者，首先穿戴打扮是西方式的，虽然说不完全像真正西方人那样的西方式，但的确是西方式的。不，这位女译员不是俄国流亡者，我想，她应该是今天夜里带着这批俄国人经过边境到这里来，一夜未眠，像那批俄国参观者一样，就是说，直接从俄国，直接从脏兮兮的旅游车里出来就到了艺术史博物馆这里，我想，这批人看上去就是这样，这位女译员看起来也是这样。由于这批俄国人挡住了我的视线，我甚至看不到博尔多内展厅那个装有天鹅绒座套的长椅，看不见是否雷格尔仍然出去未归，或者已经回到了原处。我被挤在其角落里的塞巴斯蒂亚诺展厅是艺术史博物馆空气最差的展厅，偏偏在这个展厅里我被俄国人挤到了墙边上，我想，偏偏被这些散发着大蒜、汗臭和潮湿味的人。我总是憎恨人扎堆儿的拥挤，我一辈子都躲避它，因为我恨群体，我不参加无论是哪一种集会，顺便说一下，雷格尔也不参加，我最恨民众、人群，我总是想，你还没有凑上前去，就会被民众或者人群挤压致死，还在儿时我就回避群体，我恨集体、恨集会，它集中了卑劣、愚蠢和欺骗。我想，我们越是要去爱每一个个别的人，就越是恨群体。这批俄国人自然不是我在艺术史博物馆经历过的第一个团体，它在艺术史博物馆里可以说袭击了我，把我挤得靠了墙，最近艺术史博物馆俄国人参观团体很多，看起来似乎现在来艺术史博物馆的俄国人参观团的数量超过了意大利人参观团。俄国人和意大利人总是以团组的形式出现在艺术史博物馆，而英国人从来不结伙，总是单独一人来参观。在某些日子里俄国导游和意大利导游在讲解时相互比拼嗓门，艺术史博物馆因此成了蛤蟆塘。自然这种情况大多是在星期六，正好是在雷格尔和我从不来艺术史博物馆的时候，今天是星期六，我和雷格尔是破例来到艺术史博物馆，如人们所见到的，我们一向做得很对，周六不去艺术史博物馆，虽然这一天博物馆像星期天一样免费开放。我宁可花二十奥地利先令买门票，雷格尔曾说，也不必来忍受这些可怕的参观团。雷格尔曾说，忍受参观博物馆的团组是上天的惩罚，我不知道有什么比这更可怕的了。偏偏在这个星期六他约我在艺术史博物馆见面，我想这肯定是上天对他的一次惩罚，可以说是他自作自受。我问自己他约我到这里有什么事呢？我不知道怎么作答。我也自然很想知道，伊尔西格勒已经第二次凑到雷格尔耳边低声说些什么，第一次说的显然没有触动他，这第二次所讲的使雷格尔立刻从博尔多内展厅的长椅上站起来，走出了大厅。伊尔西格勒一遇机会就说，他在这里担任的是一项机密要职，他这样说让人听了很感动，他经常这样说，以至于他的话也越发令人感动。每逢雷格尔来了，伊尔西格勒发现了他，便冲他点头；如果我来了他看见了我，他却不点头。伊尔西格勒为装修房子已从雷格尔那得到三次多年期贷款，而且不必非偿还不可。雷格尔多次将自己不再穿的衣服送给伊尔西格勒，的确都是用上等粗呢料子做的高级衣服，雷格尔有一回对我说，我穿的所有衣服都来自赫布里底群岛。但是伊尔西格勒并没有机会穿雷格尔赠送给他的这些高级衣物，每天都在艺术史博物里工作，穿着工作制服，星期一除外，可是星期一在家总是穿着钳工装跑来跑去，因为这一天的家务活总是排得满满的。他在家里一切都是自己动手做，他自己上油漆，自己做木匠活，自己钉钉子、打孔，甚至焊接。百分之八十的奥地利男人在业余时间穿着工装在家里忙忙碌碌，雷格尔说，他们大多数就是在星期天和节庆日里，也身穿工装在家里忙活，粉刷、钉钉子和焊接。雷格尔说，奥地利人的业余时间实际上是工作时间。大多数奥地利人不知道业余时间该怎么办，浑浑噩噩地用劳作把它打发掉。雷格尔说，他们整天坐在机关里或者站在工作场所，在周末和节假日人们看到他们穿着工装从事家务劳动，他们粉刷自己房子的四壁，或者在屋顶上钉着什么，或者清洗汽车。雷格尔说，伊尔西格勒是一个典型的奥地利人，布尔根兰人是典型的奥地利人。布尔根兰人每周只有一次把最好的服装穿在身上，穿两个或者最多两个半钟点，为的是去教堂做礼拜，其他时间就把钳工服作为工装穿在身上，雷格尔说，一辈子就都是这样。布尔根兰人整周穿着钳工服，睡觉特别少，但睡得实在，周日或者节庆日穿上盛装去教堂为上帝唱一首歌，然后便又脱掉盛装穿上钳工服。布尔根兰人即使在今天的工业社会也照样是地

114

地道道的农民，尽管几十年前他们就进了工厂，然而仍旧是农民，他们的祖先都是农民，雷格尔说，布尔根兰人永远是农民。雷格尔说，伊尔西格勒在维也纳待了这么久仍然还是农民。雷格尔说，对农民来说，不管是什么样的工作装都合适。雷格尔说，农民要么当农民，要么穿上工作装。雷格尔说，如果有好几个孩子，那么一个当农民，一辈子当下去，其他人穿上国家的或者天主教的制服，总是这个样子。雷格尔说，一个布尔根兰人或者是农民，或者穿上制服；也可能既不是农民也不去穿制服，但这样做将不可避免地走向毁灭。雷格尔说，这种农民气质已有几世纪的历史，如果离开农民身份就去穿上制服。伊尔西格勒自己认为他很幸运，被招收为艺术史博物馆服务员，做国家公务员是很不容易的，好几年才招收一次，就是说，只有当某一个服务员退休或者去世才又招收新服务员。博物馆愿意录取布尔根兰人做服务员，为什么会这样，伊尔西格勒也说不清楚，但是事实上维也纳博物馆的大部分服务员都来自布尔根兰。很可能，伊尔西格勒有一回说，因为大家都知道布尔根兰人诚实，同时大家也都知道他们特别蠢笨和简朴。因为他们，布尔根兰人，有一个即使在今天也完好无损的性格。他说，每当他注意观察警察的状况，他就因没被录取当警察而感到高兴。他也曾提及，他曾有去修道院工作的想法，那里也提供服装，穿制服，今天修道院比任何时候都缺人手，但是在那里当杂役僧侣只能被人利用，如他所说，被级别高的僧侣，被牧师们，这些人靠完全听其指使的杂役僧侣在修道院里过着相当养尊处优的生活。他说，他在那里还不是净做劈柴和喂猪的活儿，夏天里顶着烈日给卷心菜锄草，冬天冒着严寒铲雪清路。伊尔西格勒说，杂役僧侣在修道院里是可怜虫，他不想当可怜虫。他父母愿意他进修道院，他说，他原本可以进修道院的，在蒂罗尔人们已在等待他去了。伊尔西格勒说，杂役僧侣还不如监狱里的犯人。他说，修道院里的牧师们过得不错，可是杂役僧侣与奴隶没有两样。修道院里仍然有中世纪那种奴役，杂役僧侣没有什么快活的事情，吃饭只能吃别人剩下的。他不想去为那些脑满肠肥的神职人员，那些如雷格尔所说的滥用上帝名义的人服务，那些人在修道院里过着优裕的生活，他及时地说了不。雷格尔有一次与伊尔西格勒一家到普拉特去，那时雷格尔妻子已患重病。与孩子打交道雷格尔总是很敏感，只能忍受一定的时间，如果他与孩子打交道，他不可以正处在一种工作过程，就是说他在一个时期正从事某项工作，这期间他不可以与小孩子长时间接触。邀请伊尔西格勒一家到普拉特是一种冒险，他雷格尔多年以来，如他自己所说，就感到欠伊尔西格勒什么，雷格尔说，在艺术史博物馆里确实我要求得到了不应该我享受的待遇，我常常几小时之久坐在博尔多内展厅的长椅上，去思考，去沉思，甚至去阅读书籍和文章，我在博尔多内展厅里坐的长椅是为普通参观者设立的，不是为了我，更不是为了让我三十多年来一直占用着。雷格尔说，是我要求伊尔西格勒允许我每隔一天坐在博尔多内展厅的长椅上，是我提出这不应该提出的要求，归根到底因为我坐在那里，在博尔多内展厅参观者经常要坐到长椅上而无法坐。雷格尔昨天又一次说，博尔多内展厅的长椅在某种程度上简直就是我思考的前提条件了，比在国宾饭店更有利于我思考，在这里我也有一个对于思考很理想的座位，但是我坐在博尔多内展厅的长椅上精力比在国宾饭店更集中，在这里当然我也在思考，雷格尔说，我从未中断过思考，您知道，我整个时间都在思考，睡觉时也思考，但坐在博尔多内展厅的长椅上我能像我要思考的那样去思考，所以我喜欢坐到博尔多内展厅的长椅上。雷格尔说，每隔一天我就在博尔多内展厅的长椅上就座。当然不是每天，否则的话就是破坏性的了，如果我每天坐到博尔多内展厅的长椅上，那我就会把对我有价值的一切破坏了，当然对我来说没有什么比思考更有价值的了，我思，故我在，我在，故我思，雷格尔说，于是我每隔一天坐在博尔多内展厅的长椅上，至少三四个小时坐在上面，这就等于说，在这三个或四个小时，甚至五个小时里博尔多内展厅里的长椅上的座位被我占据，没有人还能在这里就座。对于那些筋疲力尽的博物馆参观者，来到博尔多内展厅想在长椅上坐一会儿歇歇，自然是个不幸，因为我在那里坐着，但我别无选择，我在家里还没有完全醒来时就想，尽快到博尔多内展厅长椅上去，否则就会因为无法很好思考而绝望了，雷格尔说，如果我没能坐在博尔多内展厅长椅上，我就是那绝望的人了。雷格尔说，在过去的三十多年里伊尔西格勒总是为我保留着长椅上的座位，雷格尔说，只有一回我来到博尔多内展厅发现长椅已经被人占了，一个穿灯笼裤的英国人在长椅上坐着，无法让他从座位上站起来，伊尔西格勒一再催促请求都没有用，我的请求也无济于事，一切办法都不好使，雷格尔说，英国人就一直坐在博尔多内展厅长椅上，不理睬我和伊尔西格勒。雷格尔说，英国人说他专程从英国，确切地说从威尔士到维也纳来到艺术史博物馆看那幅丁托列托的《白胡子男人》油画，他不明白，为什么要他从长椅上起来，这长椅就是为了让正好对丁托列托的《白胡子男人》感兴趣的博物馆参观者在上面就座的。雷格尔说，我长时间地劝说这位英国男子，为了让他清楚，博尔多内展厅这个长椅对我是多么重要，这个座位对我如何有特殊的意义，等等，但是他始终就根本不听我说，我说的什么他根本就不感兴趣，伊尔西格勒，雷格尔说，对这位穿着一件高级苏格兰夹克衫的英国人说了多次，他坐在上边的这个座位是为我保留的，他这样说是完全违反博物馆规定的，因为艺术史博物馆里没有任何座位可以为谁保留，雷格尔说，伊尔西格勒的做法是没有道理的，但他确实说了这座位是保留的；可是这位英国人接下来无论对伊尔西格勒所说的，还是对我关于博尔多内展厅长椅对他所说的一概不予理睬，他让我们只管继续说下去，自己则在一个小笔记本上写着，我估计很可能与《白胡子男人》那幅画有关的什么。来自威尔士的英国人，也许可以说是一位很有意思的人，我想，雷格尔说，我想，我永远也没法儿让他明白这座位对我是多么重要，与其我就这么站着陷入早已没有什么意义的争论还不如也坐到长椅上去，当然是十分有礼貌地坐到来自威尔士的英国人身旁，我就是这样想的，并且干脆坐到了他的身旁。来自威尔士的英国人向右挪动了几公分，让我在左边坐下。我还从未与他人分享过这博尔多内展厅长椅上的座位，这是第一次。伊尔西格勒显然很高兴，由于我在长椅上就座使气氛缓和下来，在我的暗示下他随后也消失了，雷格尔说，于是我与这位来自威尔士的英国人一样又开始观看那《白胡子男人》。您真的对这《白胡子男人》感兴趣? 我问这位英国人, 他迟疑了一会儿, 点了点他那具有鲜明英国人特征的头。我那问题很傻, 提了这么个问题我这会儿感到后悔, 我想, 雷格尔说, 我提了一个最最愚蠢的问题, 提别的什么问题都比这个强, 我决定什么也不说了, 一言不发安静地等待英国人起身走开。那英国人却不这么想, 他没有起身走开, 相反, 从夹克外套兜里取出一本比较厚的黑皮革封面的书读了起来; 读一会儿, 便抬头看《白胡子男人》, 然后再去读, 然后再抬头看, 交替着进行, 这时我注意到他用的是布拉瓦香水, 这香水闻起来我倒是不觉得不舒服。这英国人使用这种香水, 我想, 他的品位不错。使用布拉瓦香水的人都有很好的审美趣味, 雷格尔说, 我想, 一个英国人, 还是来自威尔士的英国人, 使用布拉瓦香水, 当然不会不让我有好感。伊尔西格勒不时地出现在博尔多内展厅里, 看看英国人是否已走开, 雷格尔说, 但这位英国人并没有走开的想法, 他仍然总是读几页书, 然后又把《白胡子男人》瞧上几分钟, 反之亦然, 看样子他打算在博尔多内展厅长椅上坐上很长时间。就艺术而言, 英国人不管做什么都做得很彻底, 跟德国人一样, 雷格尔说, 在艺术方面做事做得更彻底的英国人我一生中还没有遇到过。我想毫无疑问我旁边坐的这人是一位所谓艺术专家, 雷格尔说，我想，你一向憎恨那些艺术专家，现在你就坐在这样一个人身旁，对其抱有好感，并不仅仅因为他使用布拉瓦香水，也不仅仅因为他身穿一流的苏格兰服装，雷格尔说，逐渐地从总体上产生了好感。雷格尔说，简而言之，这英国人至少有半个小时或者甚至更长时间地读他那本书，然后用同样很长时间瞧着丁托列托的《白胡子男人》，他在博尔多内展厅长椅上坐了整整一个钟点，然后突然站起来，朝我转过身来问我，我在博尔多内展厅干什么，一个人一个多钟头逗留在像博尔多内这样一个展厅里，坐在这么一个极不舒适的座位上，目不转睛地盯着《白胡子男人》看，这是很不寻常的事情，不是吗？我听了他的话自然大吃一惊，雷格尔说，一刹那间我竟不知道怎样回答他的问话。是的，我说，我自己也不知道我在这儿干什么，我对来自威尔士的英国人说，我想不出有什么别的事情可做。英国人疑惑地看着我，仿佛他面前这人绝对是一个傻瓜。博尔多内，英国人说，没有多大名气，丁托列托，还可以，他说。英国人从左裤兜里取出他的手帕放进右裤兜里。我心里说，典型的尴尬时的动作，由于这位英国人把他那本黑皮革封面的书和他的笔记本早就装进兜里，我于是要求这位我现在对其很有好感的英国人，在博尔多内展厅的长椅上再坐一会儿，给我做个伴，我直率地说我对他挺感兴趣，我对他说，我觉得他有某种魅力，雷格尔对我说。就这样我头一遭认识了一位来自威尔士的英国人，雷格尔说，我对他绝对有了好感，一般来说我觉得英国人不招人喜欢，就像法国人、波兰人和俄国人，更不要说斯堪的纳维亚人了，我一向不待见他们。一个令人有好感的英国人是一个稀罕物，我心里想，英国人站起来我也随着站起来后，又与他一起坐了下来。雷格尔说，我感兴趣的是这位英国人是否的确只是因为《白胡子男人》这幅油画而到艺术史博物馆里来的，于是问他，是否这确实是他来这里的理由，英国人点头。他说英语，我听起来很舒服，然后又突然说德语，很不连贯的德语，雷格尔说，每当英国人以为，他们会说德语，英国人就都说这种不连贯的德语，实际上不是那么回事。很可能这位英国人为了提高他们的德语水平，想说德语，不说英语，为什么不呢，如果不是傻瓜，那么人在外国最好就说外国话，所以这位英国人就用他那英国式的不连贯的德语说他确实就只因为《白胡子男人》来到奥地利，来到维也纳，不是因为丁托列托，他说，雷格尔说，而是只因为《白胡子男人》，整个博物馆他不感兴趣，根本就不感兴趣，对博物馆他一点儿兴趣也没有，他憎恨博物馆，总是很不情愿地走进博物馆，所以到维也纳艺术史博物馆只为了研究《白胡子男人》，因为他家里，在威尔

122

士他的卧室壁炉上方也挂着一幅与这幅一样的《白胡子男人》，英国人说，的确是同一个《白胡子男人》。雷格尔说，英国人说我听说在维也纳艺术史博物馆里挂着同样一幅《白胡子男人》油画，与在威尔士我卧室里的那幅一样，我心里就七上八下的无法平静，便到维也纳来了。两年之久，我在我的卧室里不得安宁，脑子里总在想，像在我卧室里一样，在维也纳艺术史博物馆也挂着同样一幅丁托列托的《白胡子男人》，于是我昨天就到维也纳来了。无论您相信也好，不相信也罢，英国人说，雷格尔对我说，丁托列托的同一个《白胡子男人》在我卧室里挂着，也在这里挂着。英国人说，我不相信自己的眼睛了，当然是用英语说的，当我确定，这个《白胡子男人》与我卧室里的那一个是同一个，自然惊讶不已了。雷格尔对我说，我对英国人说，您这惊讶，您直到这一刻都掩藏不露，难以让人觉察。英国人一向是自我控制的大师，我对英国人说，雷格尔说，即使在极其激动的时刻也能不动声色，从容不迫。英国人说，我整个时间里都把在我卧室里挂着那个丁托列托的《白胡子男人》与在这个大厅里挂着的丁托列托的《白胡子男人》做比较，他边说边从夹克衫兜里取出黑皮革封面的那本书，给我看里边他的那幅丁托列托的照片。我对英国人说，的确，书里边照片上的那幅与这里墙上挂着的丁托

123

列托的《白胡子男人》是同样的。来自威尔士的英国人说，您看，您也这么说！我说，直至细致入微两幅画都是一样的，您这本书里的丁托列托的《白胡子男人》与这里墙上挂着的是同一幅。您可以如上面所说的，细致入微地分辨，您不能不说两者是惊人地一致，仿佛这两者是同一幅画，我说，雷格尔对我说。英国人听我说后一点儿都不激动，雷格尔说，要是我的话，发现我卧室里的画与博尔多内展厅里的画确实一模一样，就不会这样冷静了，雷格尔说，英国人朝他那黑皮革封面的书里看，在书里整个一页是他那幅，如所说的，挂在威尔士他卧室里的《白胡子男人》油画的彩色照片，然后又抬头看博尔多内展厅里的《白胡子男人》。英国人说，我的一个侄儿两年前到过维也纳，因为他不愿意每天都去听音乐会，于是在一个星期二，并不是因为真的对艺术感兴趣，走进了艺术史博物馆，当时英国人说，雷格尔对我说，我有好几个侄子，他们总是每年到欧洲大陆旅行，到美洲或者亚洲，我的这个侄子在艺术史博物馆里看见了墙上挂着的丁托列托的《白胡子男人》，他后来很激动地到我这儿来说，他看见在艺术史博物馆里挂着我的丁托列托。我自然不相信，我取笑我的侄子，英国人说，雷格尔说，我认为他说的这一切只不过是一个讨厌的玩笑，我那些侄子整年用这样一些玩笑来对付我，从

124

中取乐。我的丁托列托挂在维也纳艺术史博物馆里？我说，我对我这个侄子说，他是活见鬼了，要他快把这荒唐的想法从脑子里除掉。侄子却坚持认为在维也纳艺术史博物馆里看到了我的丁托列托挂在墙上。我侄子的这番难以让人相信的话自然使我痛苦，英国人说，雷格尔说，让我实质上丧失了安宁。我的侄子一定看走眼弄错了，我一直这样安慰自己。可是我的脑子欲罢不能，一直在想着这件事，我的上帝，英国人说，您无法想象，这件丁托列托是多么宝贵，这是一笔遗产，这是一位姨婆，通常称为格拉斯哥姨婆，留给我的丁托列托，英国人说，雷格尔说。我把它挂在卧室里，我认为这个地方最保险，在我的床上方，那是可以想象得到的光线最不好的地方，英国人说，雷格尔说。在英国每天有几千历代大师的作品被盗，同时在英国也有数百个行动小组专门从事侦破历代大师作品盗窃案，主要是意大利的艺术大师，他们在英国尤其受到热爱。我不是艺术鉴赏家，英国人说，雷格尔说，我绝对不懂艺术，但对这样一件艺术大师的作品我自然很懂得珍惜。我本来经常有机会将它卖掉，但我还没有这个必要，现在还没有，英国人说，雷格尔说，然而这样的时刻自然可能会有的，那时我会不得不把《白胡子男人》出手。我不是只有丁托列托的《白胡子男人》，我有几十件意大利艺术大师的作

125

品：有一件洛托，还有克雷斯皮、斯特罗齐、焦尔达诺，还有一件巴萨诺。您知道吗，这些全都是艺术大师。这些都是我格拉斯哥姨婆留给我的，英国人说，雷格尔说。如果不是怀疑我侄子可能没有搞错，维也纳艺术史博物馆里真的挂着我的丁托列托，如果这怀疑不是一直折磨着我，我永远也不会对维也纳感兴趣，我不是音乐专家，甚至也算不上音乐爱好者，英国人说，雷格尔说，假如没有这种怀疑，不会有什么事情让我到奥地利来。现在我坐在这里看到我的丁托列托的确在艺术史博物馆这里的墙上挂着，您自己看嘛，这书里照片上的，即我威尔士家中卧室里挂着丁托列托的《白胡子男人》，挂在艺术史博物馆这里的墙上，英国人说，雷格尔说，这英国人再次把那本敞开着的、黑皮革封面的书举到我眼前。您看这简直不仅是同样的，而且绝对是同一个，英国人说，雷格尔说。英国人离开座位，走到《白胡子男人》近前，有好一会儿站在《白胡子男人》前边。我观察这个英国人，雷格尔说，对他深表赞叹，我还从来没有见过一个人有如此超凡的自我控制能力，我一边观察这位来自威尔士的英国人一边想，要是我遇到如此不可思议的一件事，即在艺术史博物馆墙上挂的与我卧室里床上方挂的是同一幅画，丝毫不差，那么我会完全失去了自我控制能力。我观察着英国人，看他如何走到《白

126

胡子男人》近前，盯着它看，当然我是从背后观察他，不是从他前面，雷格尔对我说，虽然我从他背后观察他，自然也知道他在盯着《白胡子男人》看，相当地目瞪口呆，不知所措。英国人好一阵子没有转身，雷格尔说，当他终于转过身时，他的脸色煞白，在我一生中几乎没有见到过如此没有血色的脸，雷格尔说，更不要说这是一张英国人的脸了。在英国人站起来去凝视《白胡子男人》之前，他的脸是典型的日光浴后那种发红的英国人的脸色，现在变得惨白如灰，关于英国人雷格尔如是说。说他目瞪口呆都不贴切了，雷格尔如此描述英国人。伊尔西格勒好长时间一直观察着这一幕，雷格尔说，他沉默不语地站在通往韦罗内塞作品的拐角处。英国人重新坐到博尔多内展厅长椅上，整个这期间我一直在那上面坐着，雷格尔说，的确那在威尔士他卧室里床上方挂着的画，和这里在艺术史博物馆博尔多内展厅墙上挂着的是同一幅油画作品。他下榻在他侄子向他推荐的帝国饭店，英国人说，雷格尔说。我憎恨奢华，但如果我有兴趣的话我也享受它。他只下榻在最好的饭店，英国人说，雷格尔说，不言而喻在维也纳住帝国饭店、在马德里住里茨饭店、在陶尔米纳住蒂梅欧。但是我不喜欢旅行，几年才旅行一次，旅行的理由嘛，也不是为了消遣，英国人说，雷格尔说。很清楚，这两幅丁托列托

127

有一幅是假的，英国人说，雷格尔说，要么这里的是假的，艺术史博物馆里的这幅，要么我那幅，在威尔士我家中卧室里床上方挂着的那幅。两者之中必有一个是假的，英国人边说边把他那强壮的身体仰在博尔多内展厅长椅的靠背上，他旋即又站立起来说，我侄子确实没有说错。我斥责过我侄子，我那时确信他讲给我的话是胡说八道，像他这种侄子我早有领教，总时不时地拿某一件事来让我不安，或者来冒犯我；顺便说一下他是我最得意的侄子，虽然说他一辈子都让我心烦，说到底没有什么大出息。但他是我得意的侄子。他是所有我侄子当中最可怕的一个，但他是我最得意的侄子。英国人说，他侄子看得不错，的确这里的丁托列托和威尔士那里我的那幅是同一幅。但是这就是说有两幅丁托列托了，英国人说，又把身体靠在椅子背上，然后又站起身。两者之一是假的，他说，我自然问我自己，我那幅是假的呢，还是艺术史博物馆里的这幅是假的。可能艺术史博物馆藏的是假的，我那幅是真的，从我姨婆这层关系来看甚至很可能是这样。在丁托列托完成《白胡子男人》这幅画后，《白胡子男人》被卖到了英国，先是到了肯特公爵家里，然后又到了我格拉斯哥姨婆手中。顺便提及一点，今天的肯特公爵同一位奥地利女人成婚，您肯定知道的，英国人忽然对我说，雷格尔说，显然是有意稍微

128

转移一下话题，然后马上又说，肯定这里的这幅丁托列托，就是说艺术史博物馆藏的《白胡子男人》是假的，是一件杰出的赝品，英国人说。我将很快搞清楚，哪一幅丁托列托的《白胡子男人》是真的，哪一幅是伪造的，英国人说，雷格尔说，还有，也有可能两幅《白胡子男人》都是真的，都是丁托列托的真品。只有像丁托列托这样一个伟大的艺术家确实做得到，英国人说，雷格尔说，第二幅画不仅与第一幅相同，而且完全是同一幅。如果是这样不管怎么说都是耸人听闻的事件，英国人边说，雷格尔说，边走出了博尔多内展厅。他只用短短一声 Good bye 与我道别，跟伊尔西格勒这位整个这一幕的见证者也说了声 Good bye，雷格尔对我说。这事情怎么样了结的，我不知道，雷格尔说，我没有再关注它了。雷格尔说，无论如何这英国人就是当我走进展厅时，在博尔多内展厅长椅上坐着的那个人。不是别人。雷格尔三十多年来一直坚持要坐在博尔多内展厅的长椅上，他声称，如果他不坐在博尔多内展厅长椅上就不能好好地思考，就是说不能进行与其头脑的要求相适应的思考。在国宾饭店我的思想很活跃，在艺术史博物馆博尔多内展厅的长椅上，我的思想更活跃，毫无疑问总是处于思考的最佳状态，在国宾饭店几乎不能进行哲学思考，而在博尔多内展厅的长椅上这是不言而喻的事情了。在国宾饭店像每个人一样想的是日常的、日常所必要的一切，在博尔多内展厅长椅上思考的总是非同寻常的、特别的一切。比如在国宾饭店，雷格尔说，就不可能像在博尔多内展厅长椅上那样集中精力地去解释《暴风雨奏鸣曲》，诸如像深刻地阐述赋格曲艺术的各种特征的那样一个报告，在国宾饭店里也是完全不可能做出来的，雷格尔说，那里不具备任何这方面的前提条件。在博尔多内展厅里的长椅上他可能进行哪怕是最复杂的思考，捕捉和追踪那些最复杂的想法，最终构造出有意思的成果，在国宾饭店不成。但国宾饭店自然有其艺术史博物馆所没有的诸多好处，雷格尔说，还不算国宾饭店不久前新建造的洗手间，每次到那里都感到神清气爽，您知道，维也纳所有厕所的败落，在欧洲其他各大城市是绝无仅有的，在这里上厕所若不感到反胃，不让人不由得把嘴和鼻子全堵住，那真是稀罕事；总的来说，维也纳的厕所是骇人听闻的，雷格尔说，即使在南面巴尔干地区您也找不到一处如此糟糕的厕所。他说，维也纳没有厕所文化，维也纳的厕所惨不忍睹，即使在城市最著名的饭店里那厕所也让人望而却步，在维也纳您能有幸见到您在别的任何城市都无法见到的最令人恶心的厕所，您如果要解手，那可有好看的了。雷格尔说，维也纳因其歌剧而在表面上闻名遐迩，但因它那骇人听闻的厕所

130

而实实在在地令人可怕、让人厌恶。维也纳人，或者整个奥地利人都算上，没有厕所文化，雷格尔说，在全世界您就找不出像这里的这样肮脏、这样臭气熏天的厕所。在维也纳要是非上厕所不可，多半是一场灾难，你若不是杂技演员，就会弄脏自己，里边的臭气如此厉害，几周之内会滞留在你的衣服上。雷格尔说，总之维也纳不清洁，没有哪一个欧洲的大城市比维也纳还肮脏，众所周知，欧洲最脏的居室是维也纳的居室，维也纳居室比维也纳厕所还要肮脏。维也纳人老是说巴尔干地区如何如何脏，您可以到处听到这种议论，但维也纳要比巴尔干地区脏一百倍。如果您与一个维也纳人去他住处，多半您由于那里的肮脏而大惑不解。雷格尔说，自然有例外，但常规是维也纳的居室是世界上最肮脏的居室。我总是想，外国人在维也纳要是非上厕所不可，非上这全欧洲最脏的厕所不可，他们会怎样想，他们这些习惯了干净整洁厕所的人们肯定赶快小解一下，便因小便池的肮脏而惊恐逃离。到处都是这种不堪忍受的气味，所有的公厕都是如此，不管您上火车站厕所，还是您要在地铁方便，您都得去一个全欧洲最肮脏的厕所。尤其是在维也纳的咖啡馆，雷格尔说，那里的厕所脏得的确令人作呕。一方面是发疯似的对面食制品铺天盖地的狂热推崇，另一方面丝毫不重视厕所的卫生清洁。雷格尔说，如果有人在大部分相当有名的这些咖啡馆里，开始吃面食大餐之前不得不上厕所，那他可就要倒霉了，当他从厕所里出来，绝对一点儿胃口也没有了，不想去吃哪怕一口那里提供的，或者已经端上餐桌的面食佳肴。维也纳的饭馆也很脏，我以为它们是欧洲最脏的饭馆。每到一家饭馆，首先遇到的问题是一块脏迹斑斑的桌布，如果您提醒服务员注意更换桌布，您不打算在一块满是脏迹的桌布上吃饭，那么他才会过来不情愿地把这块脏了吧唧的桌布拿走，换上一块新的，您要求撤换掉脏桌布只会招来愤怒的、充满敌意的目光。在大多数饭馆里甚至桌子上不铺桌布，如果您请求把脏兮兮的、常常由于洒下的啤酒弄得湿乎乎的桌面擦干净，雷格尔说，您就会听到粗鲁的抱怨。厕所问题和桌布问题，雷格尔说，在维也纳没有解决。世界的任何大城市，我几乎都去过，其中大部分我甚至不只是走马观花的了解，您在用餐前，当然服务员会把一块干净的桌布铺在桌子上。在维也纳则不然，一块干净的桌布，或者干净的桌面成了难以实现的梦想。厕所的情形也是一样，维也纳的厕所不仅在欧洲，而且在全世界都是最让人恶心的。雷格尔说，您想想看，在一顿美餐前，还没有开始用餐，进了厕所里就胃口全无；在用餐后要方便一下，厕所又让您恶心得反胃。维也纳人，可以说整个奥地利人都不懂厕所文明。雷格尔说，在奥地利如厕是一场灾难。至少与面食有关的方面维也纳出色的烹调举世闻名，维也纳厕所也是名声远扬，但的确是臭名远扬。直到不久前国宾饭店里还有一间厕所糟糕透顶。有一天经理部终于动了心思，修建了一间新的，一间让人非常满意的厕所。的确不仅在建筑设计上，而且在公厕卫生的社会学方面都考虑得细致周到，无可挑剔。雷格尔说，维也纳人确实是欧洲最脏的人，根据认真的统计，维也纳人每周只用一回香皂，同样也已经过科学的确认，维也纳人每周只换一次内裤，最多换两次衬衫，大部分维也纳人一个月只换一次床单、被罩和枕套。雷格尔说，维也纳人平均十二天才换洗一次长裤和短裤。他说，如此看来，维也纳的香皂厂和内衣制造商的生意在全欧洲是最不景气的。雷格尔说，维也纳人在这方面消费少，但他们也有大量消耗的东西，那就是最廉价的香水，大老远地就闻到了他们身上浓重的紫罗兰、丁香，或者野铃兰和黄杨树花的味道。雷格尔说，从维也纳人外表的脏推论到其内里也脏自然是合乎逻辑的，雷格尔说，维也纳人的内里确实不比外表干净，可能，雷格尔说，我说的是可能，这就是说不完全那么有把握，他纠正自己的话，维也纳人的内里远比外表更脏。一切都表明，他们内里远比外表更脏。关于这方面我没有兴趣思考，他说，这绝对是所谓的社会学家的任务，去研究并撰写论文。雷格尔认为，在这研究论文中，很可能维也纳人一定被描述成欧洲最脏的人。我很高兴，他说，在国宾饭店有一间新建的厕所，在艺术史博物馆里仍然还是那间旧厕所。岁月不饶人啊，我是越来越老而非越来越年轻，最近以来我在艺术史博物馆里上厕所的次数也日益频繁了，雷格尔说，就这里现在的条件看，这是让我每天最心烦的一件事，艺术史博物馆的厕所不良状况已成众矢之的。音乐协会的厕所也是如此。我有一次甚至在一篇给《泰晤士报》的评论文章中冒昧地开了个玩笑，顺便提及音乐协会的厕所，在这座维也纳最高音乐圣殿里厕所脏得无法形容，基于这骇人听闻的理由，雷格尔说，在那里上厕所都是对我是否有勇气的考验，我在家里经常考虑，我是否要去音乐协会，我这个年龄，加之我的肾脏不好，在那里一个晚上我至少得上两次厕所。然而我仍然还是去音乐协会，因为莫扎特和贝多芬，因为贝尔格和勋伯格，因为巴尔托克和韦伯恩，为欣赏他们我得克服对厕所的恐惧。雷格尔说，在音乐协会演奏的音乐得多精彩，才能让我置两次上那里的厕所于不顾，也要去听那里的演出。雷格尔说，每逢我朝音乐协会的厕所走并走进去时，我都在心里说，艺术是无情的。他说，我闭着眼睛，尽可能地捂着鼻子在音乐协会的厕所里解手，这本身就是一项专门艺术，长时间以来我已经熟练地掌握了它。雷格尔说，我们撇开维也纳洗手间和维也纳厕所总的来说是世界上（发展中国家除外）最脏的这一点不谈，维也纳厕所里的卫生设施运转也不灵，要么就没有水进来，要么水排不出去，或者既进不来又出不去，经常几个月没有人关心洗手间和厕所设备是否都运转正常。很可能要想改善维也纳洗手间和维也纳厕所这种骇人听闻的状况，城市或者国家，无论是哪一方，要颁布严厉的洗手间和厕所法，严肃而又严厉，使那些饭店经理、饭馆和咖啡馆老板必须切实保持他们的洗手间和厕所整洁。如果城市或者国家不迫使饭店经理、饭馆和咖啡馆老板保持洗手间和厕所整洁，他们就不会改变它们的状况，会把洗手间和厕所这种糟糕状况无限期地延续下去。我曾在《泰晤士报》上写道，维也纳是音乐之城，也是其洗手间和厕所最令人恶心之城。在此期间人们在伦敦已经知道了这个情况，当然在维也纳还没有，维也纳人不读《泰晤士报》，他们满足于诸如那些低级的、极其乏味的报纸，全世界出版这种报纸只是为了使人们更愚蠢，对于违反常态的维也纳的情感和精神状态来说，这样的报纸再合适也没有了。这批俄国人走了，博尔多内展厅长椅空了。我刚才看到，在伊尔西格勒向雷格尔耳语了一会儿后，雷格尔站了起来，头上戴着黑礼帽走了出去，整个时间里他没有摘掉帽子。现在是差两分钟十一点半。那批俄国人现在站在韦罗内塞展厅，乌克兰翻译现在在介绍韦罗内塞，她现在关于韦罗内塞讲的内容，刚才介绍博尔多内和丁托列托时已经讲过了，同样的无关紧要，同样的废话连篇，同样的语调，同样的令人不舒服的声音，她说的不仅是那种通常女性讲的、原则上总让人心烦的俄语，她持续不断的尖利的高音几乎让我难以忍受，整个时间我的耳道感到好似针扎的难受。像我这样的耳道很敏感，几乎听不得尖利的、不堪入耳的女高音。我不知道，为什么伊尔西格勒好长时间没露面了，他平常总是严格按照规定不时地到博尔多内展厅来照看一下，他和雷格尔离开博尔多内展厅这么长时间没有回来，我觉得很奇怪。由于我与雷格尔约会十一点半在博尔多内展厅见面，雷格尔是我认识的最可靠、最遵守时间的人，我想，他会准时回到博尔多内展厅来的，就在这时，雷格尔回到了博尔多内展厅，在长椅上落座前，还像以往那样朝四外看了看，我事先就知道他会这样，因此听到他返回博尔多内展厅之后，立刻退回塞巴斯蒂亚诺展厅，重新回到被那批俄国人挤进的角落，从这里我可以很好地观察回到博尔多内展厅的雷格尔，这个多疑的雷格尔，我想，总是四下里到处看看之后才能安下心来，他一辈子都患有一种非常厉害的妄想症，总觉得他自己被追踪，这种妄想对他当然始终是有利的，对他和其他人也并没有构成真正的危险。雷格尔现在又坐在博尔多内展厅的长椅上观看《白胡子男人》，十一点半整他闪电般从外衣里取出怀表来看时间，在同一时刻我从塞巴斯蒂亚诺展厅出来，走进博尔多内展厅，来到雷格尔面前。雷格尔说，这批俄国人真可怕，真可怕。他一再说，我恨这些俄国人参观团。他格外客气地让我坐到长椅上，他说，您尽管坐到我的旁边。同每一个遵守时间的人打交道我都感到很欣慰，他说。多数人都是不遵守时间的，这很可怕。可是您一贯遵守时间，他说，这是您的一大优点。他接着说，啊，您想象不到我夜里睡得多糟，我吃了比平常多一倍的药片，睡得仍然很不好。我老是梦见我妻子，无法摆脱没完没了的噩梦。关于您我想到了很多，您在最近这几年里的进展。您这几年里的情况很值得注意，他说。从根本上说您的生存状况是少见的，在某种程度上是完全独立的，自然我并没忘记，在这个世界上根本没有独立的人，更不要说完全独立的人了。如果我，比方说，没有国宾饭店这个去处，他说，下午我可就没法儿活了。最近那里来了许多阿拉伯人，不久这个原本的犹太人酒店就要变成阿拉伯人酒店了，犹太人和匈牙利人，尤其是匈牙利的犹太人，他们几十年来是这个酒店的

137

常客，使这个酒店很招人待见，他说，甚至那些住在这个酒店销售地毯的波斯人，也不让人讨厌。可是您想想现在的情形，酒店里到处都是以色列犹太人和埃及的阿拉伯人，您不认为逐渐地坐在这家酒店也是很危险的了吗？每时每刻都可能有炸弹爆炸。我的上帝，他说，我是否会被炸飞，其实也无所谓了，只要顷刻间发生就好。他说上午我在艺术史博物馆下午在国宾饭店，中午我在阿斯托里亚或者布里斯托尔吃顿可口的饭，我很在乎这些。光靠《泰晤士报》我自然不能这样生活，他这话并不属实，他说，《泰晤士报》寄到奥地利来的钱大体上只够我零花用。但是股票行情不好，股票市场简直就是灾难。在奥地利生活越来越费钱了。他说，不过我计算过了，如果不爆发第三次世界大战，以我现在之所有再过二十年不成问题。虽然现在的一切每天都在萎缩，不过有这点积蓄毕竟可以让我放心。他对我说，您是位典型的个体学者，阿茨巴赫尔，您是个体学者的榜样，您是个体学者的化身，您可以说就是个体人的化身，雷格尔说，完全不合时尚潮流。我今天又吃力地爬上这可怕的楼梯往博尔多内展厅走时想到，您是真正的、典型的个体人，很可能是我认识的唯一一个，我认识许多人都是个体人，但是您是典型的、真正的。只有您能做到几十年磨一剑，聚精会神地完成唯一的一部作品，从不拿出任何一点什么来发表。我就做不到，他说，我至少每月一次去享受我的文章得到发表的喜悦，这个习惯成了我不可或缺的需求，为此我得称颂《泰晤士报》，是它持之以恒地迁就我的这一习惯，并为此给我报酬。他说，写作给我带来莫大的快乐，我的这些短篇艺术评论文章，每次不超过两页，在《泰晤士报》上总是占据三个半栏。他说，您就没有想过从您的作品中拿出比较小的一部分去发表吗？随便一小部分，您关于这部作品简略提到的一切我听起来都特别不同寻常，不过话又说回来，什么都不发表，根本什么都不发表也是一种高度享受，他说。可是有时候您肯定想要知道您作品引起的反响，他说，您至少得将您作品的一部分发表出去。一方面将终生为之奋斗的作品终生保留在抽屉里不发表，这很了不起，另一方面将其公之于世，也是同样的了不起。我是一个生就的公开发表者，而您是生就的不公开发表者。可能您的作品，可能您，就是说您的作品来自您，您与作品紧密相连，无论怎么说吧，您和您的作品注定是不发表的，您肯定始终为之苦恼，您从事著述，但这作品又不发表，这是真情，我想，只不过您不承认罢了，甚至于自己私下里也不承认，您为所谓强行不发表的做法而苦恼。我如果不发表自己的写作成果，我一定会苦恼。但是自然您的作品和我的作品不好相比。无论如何我不知道有哪一个作家或者哪一个从事写作的人，能长时间忍受他所写的东西不发表出来，有谁能不盼望知道公众对他所写的东西说什么，雷格尔说，我总是对此热切等待，虽然我口头上也说我不急于知道，对此我不感兴趣，我对公众的观点没有好奇心，不，我巴望知道，雷格尔说，我承认我总是巴望知道公众的反应，一直是这样，不间断地。我想知道，他说，人们对我所写的东西怎么看，每时每刻我心里都想知道，想知道每个人的看法，而我嘴上却说，我不感兴趣人们说什么，我说随他们怎么说，我无所谓，而实际上我一直都在巴望知道，比等待任何别的什么都更急不可耐地等待着。他说，如果我说公众的观点我不感兴趣，读者的观点我不感兴趣，那我是在说谎，如果我说，我根本就不想知道，别人对我写的是怎么想的，我不去读别人对此所写的，那我就是撒谎，他说，那我的话就是卑劣的谎言，因为我一直迫切想知道人们如何评价我写的，我始终想知道，随时想知道，不管人们对我写的有怎样的评说，我都会受到震动，这是实情。自然我只听到《泰晤士报》人的意见，他们也不总是说恭维的话，雷格尔说，但是说到您，阿茨巴赫尔，您是一个富于哲理的作家，人们怎样评说您那深刻的哲理性的文章，他们是怎么考虑的，一定会让您感兴趣，我真的不理解，您为什么不把您写的东西至少部分地发表出去，哪怕只体验一下，舆论会怎么说，所谓社会贤达对此怎么想，虽然我同时要说，这样的社会贤达是不存在的，甚至没有什么贤达存在，从来没有过，将来也不会有；但是我问您，雷格尔说，您写呀又写，思考呀又思考，把您想的写下来，不断地写下来，而这一切一点儿反响都没有，您就不觉得郁闷吗？肯定由于您固执地不予发表您会失去许多，他说，也许失去了至关重要的东西。您现在已经写了几十年，您说，您写这部作品是只为自己写的，这太可怕了。没有人写东西只是为自己写，要是有人说他写东西只是为了自己，那是说谎，您和我一样都很清楚，没有比耍笔杆子的更会说谎了。雷格尔说，自从这个世界存在以来，在这里就没有谁比写作的人更不可信、更虚荣和更会说谎。您无法想象我又度过了一个多么可怕的夜晚，因为心脏的毛病我必须服下发汗药丸，这样我便无法入眠，一再从床上起来，肌肉厉害的痉挛，从脚趾经过腿肚子直到胸膛。他说，我处在恶性循环之中。每个夜晚都让我不寒而栗，每逢我以为，现在我可以入睡了，就又开始那可怕的痉挛，我不得不起来，在屋里来回不停地走动，几乎整宿我就是这样走来走去，无法成眠，刚一闭眼马上就被我刚才提到的噩梦惊醒。在这些噩梦里我梦见我的妻子，真是太可怕了。自从她去世以

141

来我就做这样的噩梦，每天夜里都做，从不间断。请您相信我，我几乎总是想，随着我妻子的死我也结束我自己的生命岂不更好。我不饶恕我这种胆怯。这种没完没了的、病态的自我哀伤让我无法忍受，但我无法解脱，他说。要是音乐协会有像样的音乐会就好了，但是那里的冬季演出计划非常糟糕，只有一些老掉牙的陈旧节目，总是那些已经让我心烦的莫扎特音乐会、勃拉姆斯音乐会和贝多芬音乐会，所有这些莫扎特、勃拉姆斯和贝多芬音乐会都让人无法忍受。在歌剧院充斥着浅薄、平庸。歌剧院若是演点有意思的节目该多好，但是目前这里的确没有什么意思，糟糕的剧目、糟糕的演唱者，再加上蹩脚的乐队。他说，想想看，两年前或者三年前的乐手们是什么样子！今天又是什么样子，没有个性的乐队，什么都能来两手，什么都不精通。您想象不出，上周我去听了《冬之旅》，一位莱比锡的男低音演唱的，我不道出他的姓名，这名字对您归根到底没有什么意义，您对理论音乐根本不感兴趣，您应感到高兴，这位男低音简直就是灾难。他说，总是《乌鸦》，简直无法忍受。这样的音乐会就不值得为它更换衣服，我为我的干净衬衫而感到惋惜。我可不给《泰晤士报》写关于这种蹩脚货，他说。马勒，马勒，马勒，他说，令人疲劳的沉闷音乐。他说，谢天谢地，马勒热的高潮已经过去了。他是本世纪被评价得最过分的作曲家。作为指挥他很优秀，但说到作曲他水平一般，很多很好的乐队指挥都是如此，比如欣德米特，比如克伦佩雷尔。马勒热让我好几年都觉得可怕，整个世界都为他心痴神迷，这本身就让人无法忍受。您可知道，我将来也要进去的、我妻子的坟墓，他说，就挨着马勒的墓吗？是啊，在公墓里与谁为邻的确是无所谓的事情，即使躺在马勒的旁边也没有什么关系。卡特蕾恩·费里尔演唱的交响乐套曲《大地之歌》也许还可以听，雷格尔说，其他的一切我一概拒绝，不值一听，经不起推敲。与其相比韦伯恩才是真正的天才，更不用说勋伯格和贝尔格了。马勒是误入歧途。是典型的青年风格派时尚作曲家，自然比布鲁克纳要糟糕得多，在拙劣煽情方面两人有许多共同之处。在这个季节里，对一个重视精神的人来说维也纳拿不出什么像样的东西，这使那些对音乐感兴趣的人很遗憾也很失望，他说。但到这个城市里来的陌生人自然很快就对什么都满意，他们无论如何要去歌剧院，不管那里正在上演什么，哪怕是低级趣味的作品，他们去听那些可怕的音乐会，不停地鼓掌，如您所看到的，他们甚至于涌进自然史博物馆和艺术史博物馆。人类接受文明之后的文化饥渴是巨大的，在这件事情上有悖常理、违反常态的现象在世界上到处可见。雷格尔说，维也纳是个文化概念，尽管在这里几乎早就没有文化了，终有一天在维也纳真的什么文化也没有了，但它仍然始终是一个文化概念。维也纳将永远是一个文化概念，这里文化越少，文化这个概念就越顽强。过不了多久这个城市真的就根本没有文化存在了，他说。奥地利越来越愚蠢的政府一定会使奥地利过不了多久就不再有任何文化了，雷格尔说，只剩下低俗平庸，对艺术的一窍不通。在奥地利笼罩着日益敌视文化的氛围，这种情况逐年严重，一切迹象表明，用不了多久奥地利就会成为一个完全没有文化的国度。这个令人抑郁的结局我是看不到了，您也许还能经历，雷格尔说，您也许，我是不可能了，已经上年纪了，不可能看到奥地利最终的败落及其没有文化的可怕境地。在奥地利，文化之光终将熄灭，我要对您说，麻木、迟钝在这个国家存在得太久，要不了多久，就会把文化之光熄灭。雷格尔说，然后奥地利就一片黑暗了。这方面您想说什么都可以，但人们不听您的，如果他们听到了，会认为您是个傻瓜。我在《泰晤士报》上发表我对奥地利的看法，写到迟早有一天，用不了很长时间了，奥地利会有什么下场，我这样做还有什么意义呢？没有。雷格尔说，丝毫没有。我不可能看到奥地利的败落，看不到它如何在黑暗中摸索着挪动脚步，因为文化之光熄灭了。他说，经历不了这一切着实

144

还挺遗憾的。您会想，为什么今天我又让您，又请您到这里来。这是有其理由的。但具体什么理由我回头再告诉您。我现在还不知道要怎样给您讲这个理由。我不知道。我想了好长时间，仍然不知道。我来这里已数小时，思考着仍然不知道该怎么说。伊尔西格勒是我的证人，雷格尔说，我在这长椅上坐了几个小时了，反复考虑怎样对您讲，为什么今天又把您约到艺术史博物馆来。过一会儿，过一会儿再说吧，雷格尔说，给我点时间。我们犯了罪，却不能将它简明扼要、直截了当地说出来，雷格尔说。给我点时间，让我安静下来，他说，对伊尔西格勒我已经说了，但现在还无法告诉您，他说，这真丢人现眼。另外，我昨天给您讲的关于所谓《暴风雨奏鸣曲》肯定很有意思，我也保证我关于《暴风雨奏鸣曲》给您讲的是有道理的，但很可能对我自己比对您更有吸引力。经常出现这种情形，某人谈论一个题目，因为他自己对这个题目着迷，我们归根到底总是用我们颇为擅长的肆无忌惮把一个题目强加给我们的谈话对象，这题目与其说使谈话对象感兴趣，还不如说这题目更吸引我们自己。我昨天把对所谓《暴风雨奏鸣曲》的观点强加于您了，这是事实。在我演讲关于赋格曲艺术时，他说，我认为有必要讨论一下《暴风雨奏鸣曲》，昨天我发现我正处在谈讲这个题目的最佳状态，于是就把您作为我展示音乐理论方面激情的牺牲品了，我经常把您作为我的音乐理论激情的牺牲品，我找不到更合适的人选。我常常想，您真是太合适了，没有您我还能做什么呢！他说。昨天我用《暴风雨奏鸣曲》给您添乱，谁知道后天我又用哪部音乐作品来打扰您呢，他说，我头脑中那么多音乐理论方面的题目，我都极有兴趣来阐述它们；但我需要一个听众，即所谓一个牺牲品，来承受我音乐理论方面的迫切阐述欲，他说，我持续不断关于音乐理论的讲述确实是一种音乐理论的强烈阐述欲。每个人都有他自己的情有独钟的阐述欲。我的就是音乐理论的阐述欲。这种阐述欲陪伴了我从事音乐理论的整个一生，毫无疑问，我的一生就是从事音乐理论的一生，就像您的一生就是哲学思考的一生一样，这是显而易见的。自然我今天也可以说，我昨天关于《暴风雨奏鸣曲》所说的，在今天都是胡诌八扯，如同一切所说的皆为胡诌八扯一样。雷格尔说，然而我们的胡诌八扯是令人信服的。迟早人们会发现一切所说的都是胡诌八扯，然而如果我们令人信服地去说，尽我们所能达到难以置信的震撼，那我们的阐述就不是犯罪，他说。心有所想，必欲言表，雷格尔说，归根到底不说出来我们就无法安宁，憋在心里会使我们窒息。如果在历史的进程中人类将其所思考的荒谬封闭在心里不说，那人类早就窒息而亡了。每个沉默太久的人都会窒息，人类也不能沉默太久，那样也会窒息，虽然个别的人或者人类思考的总是荒谬。有时我们是述说艺术家，有时我们是沉默艺术家，他说，我们极其熟练地掌握了这门艺术，我们的生活有意义与否正是取决于我们能否完善我们的述说艺术和沉默艺术。雷格尔说，《暴风雨奏鸣曲》不是伟大的音乐作品，通过仔细研究会发现它不过只是许多所谓副产品之一，说到底是一部通俗煽情之作。这部作品的价值更在于，它能引起人们来讨论，而不是在其本身。贝多芬不是一个强者，而是一位玩儿命进取艺术家，不一定是我评价最高的那种人。阐释《暴风雨奏鸣曲》我从来不感到厌烦，这部作品可以说与贝多芬生死攸关，通过它可以让人们看清楚贝多芬，他的本质、他的天才、他的煽情都清楚地体现在这部作品中，还有他的局限性。然而我谈到《暴风雨奏鸣曲》，只是因为我昨天想更广泛更深入地阐释赋格曲艺术，为此有必要谈及《暴风雨奏鸣曲》，雷格尔说。另外我要说，我憎恨这样一些称谓如"暴风雨奏鸣曲"，或者"英雄"，或者"未完成"，或者"伴以鼓声"，我讨厌这样一些说法。如同人们说"北方的博士"[1]，就让我特别反感，雷格尔说。正是因为

1　北方的博士（Der Magus des Nordens），德国哲学家约翰·格奥尔格·哈曼的外号。"Magus"在《圣经》中指来朝拜刚生下来的耶稣的东方三博士之一。

147

您在理论方面对音乐确实根本不感兴趣，所以您才是我最理想的倾听者，是我评说音乐最合适的牺牲品，雷格尔说。您总是专心致志地倾听而不反驳，他说，您总是让我把话说完，不管我说的是否有价值，我需要这个，这只能为我铺平道路，让我在这可怕的，请您相信我，确实几乎是毫无幸福可言的音乐生涯中跋涉。我所想的都是耗神的、毁人的，他说，话又说回来，我已经被其耗费这样久了，毁得这样久了，我已再不需要害怕它了。我想您会准时的，您就准时来了，他说，我期待您的就是准时，遵守时间，您是知道的，我视其高于一切，他说，有人的地方就必须注重准时性以及与其共事的可靠性。十一点半到了，您走了进来，他说，我看着表，时间是十一点半，您也已经出现在我面前。他说，除了您，对我来说没有更有用的人了。很可能我所以能活下来是因为您的缘故。他说，我本不应该说这话，说这话就是无耻，他说，是无耻之尤，可是我说出来了，您是那个让我继续生存下来的人，我的确没有别的什么人了。您知道，我的妻子很爱您吗？她对您从未有表示过，但她对我说过，不止一次。雷格尔说，您有自由思考的头脑，这是世界上最可宝贵的。您是个独来独往者，您保持了您的离群索居，雷格尔说，只要您活着就会保持下去。我也可以这么说，为了逃避生活，我溜进了艺术，他说。我逃匿到艺术中去了，他说。我一直等待最有利的时机，我利用了它，从尘世逃遁到艺术中，逃遁到音乐中。好像其他人逃遁到所谓造型艺术、表演艺术中去，他说。这些与我一样说到底的确都是恨世者，顷刻之间离开了他们所恨的世界，悄悄地溜进了完全存在于所恨之世界以外的艺术，我逃匿到音乐中去，他说，秘而不宣地。因为我拥有大多数人不具备的可能性。您遁迹哲学和写作，雷格尔说，但您既非哲学家又非作家，这既有趣同时又很不幸，您原本不是哲学家也不是真正意义上的作家，您缺少哲学家的一切特征，同样您也缺少作家的一切特征，您恰好是我所称的哲学作家，您的哲学不是真正的哲学，您的写作也不是真正的作家的那种写作，他重复道。一个不发表作品的作家归根到底不是作家。您很可能患有恐惧发表症，雷格尔说，恐惧发表这一精神创伤阻碍您发表任何东西。昨天在国宾饭店您穿着一件裁剪得很好的羊皮大衣，他突然说，肯定是波兰货，我对他说，您说得对，我穿的是波兰羊皮大衣，您知道的，我对雷格尔说，我曾多次到过波兰，波兰是我最喜欢的两个国家之一，我喜欢波兰，我喜欢葡萄牙，我说，也许两者相比我更喜欢波兰，我上次去克拉科夫，距今天已经八九年了，为了买这件皮大衣，我特地到波俄边境去，只有那里的羊皮大衣是这种款式。

是的，雷格尔说，时常看到一个穿得很得体的人是一件让人愉快的事情，特别是当天气阴沉，头脑不清醒，情绪也很坏时，看到一个穿着得体、相貌俊美的人。现在您有时在这败落的维也纳也能看见服饰讲究、相貌俊美的人，多年以来您在这里看到的都是没有品位的衣着，尽是些让人扫兴的大路货。现在似乎又开始讲究点色彩了，他说，但是长得好看的人太少了，您在衰败的维也纳走一遭，看到的都是令人扫兴的面孔和趣味低下的服饰，仿佛走在您旁边的只是些残疾人。维也纳人审美水平低下，衣着单调，让我几十年来打不起精神。我曾总是以为，只有德国人单调、趣味不高，但是维也纳人同样如此。不久前才开始有点变化，人们的样子好看些了，又穿有个性的衣服了，他说，您穿着这件羊皮大衣就显得仪表堂堂，雷格尔说。人们很少看到穿戴好看、聪颖、智慧的人了，他说。许多年我在衰颓的维也纳走路总是低着脑袋，因为我无法忍受大街上千篇一律的丑陋衣着，看到这样一群趣味低下的人迎面走来，您怎么会受得了呦，他说，成千上万穿着机器加工的、统一模式的衣服，他们一上大街就令我呼吸困难。不仅在所谓无产者居民区，而且在所谓内城，身穿清一色工业服装的灰色众生让我透不过气来，尤其是在内城，他说。现在仿佛有些变化了，人们重又有勇气在衣着上标新立异。年轻人现在，虽然仍旧趣味不高，但穿着色彩鲜艳的衣服走到大街上，仿佛人们直到今天，"二战"过了四十年后的今天，才克服了战争的影响，才治愈了让人们灰头土脸长达四十年的战争创伤。但是，自然在这衰败的维也纳，穿着好看的人仍然几乎像人们所说的千载难逢，除非在非常重要的时日，那自然会有一种令人十分愉快的感觉，然后雷格尔接着前面的话题说，《暴风雨奏鸣曲》只有古尔德确实演奏得好，让人听了能够忍受，其他人都不行。其他人演奏都让我无法忍受。雷格尔说，《暴风雨奏鸣曲》很笨拙，贝多芬许多作品都是如此。但是即使莫扎特也没有摆脱廉价的煽情，尤其在歌剧作品中，廉价煽情、插科打诨和装腔作势突出地表现在那些肤浅的歌剧音乐中，常常让人无法忍受。这里一只斑鸠，那里一只斑鸠，到处谈情说爱；这里伸出食指，那里伸出食指，太多的道德说教，雷格尔说，莫扎特也是这样，莫扎特的音乐充满着衬裙和内裤式的煽情。而国家作曲家贝多芬，尤其像《暴风雨奏鸣曲》所表现的，又极其可笑的严肃。雷格尔说，如果我们总是以这种致命的观察方式去审视一切，那么我们会走向何处呢，装模作样和廉价煽情，是经过千百年历练成为人怪的、文明时代人的两大主要特性，雷格尔说。毫无疑问，一切人为的都是廉价煽情的。高雅的、最高雅的艺术也是如此。从伦敦回到维也纳，对一个已经觉得在伦敦比在维也纳更像在家里一样的人，不啻大吃一惊。但是我无论如何不能留在伦敦，首先我那不稳定的健康状况就不允许我生活在那里，我的病每时每刻都有加重的危险，让我濒临死亡。我在伦敦生活过，雷格尔说，我在维也纳却从未真正生活过，在伦敦我的头脑感到舒适，在维也纳从未舒适过，在伦敦我文思敏捷，总是有奇思妙想。他说，我在伦敦生活的日子是我一生最好的时光。在伦敦我总有在维也纳从未有过的各种可能性。在我妻子去世后，雷格尔说，对我来说返回维也纳是不言而喻的，返回到这座灰色的、受战争压抑的、失掉灵魂的城市，在最初的一些岁月里我一直惶惶不安，他说。当我不知道怎么办时，我结识了我的妻子，他说。我的妻子拯救了我，他说，他总是对女性心生畏惧，确实所谓打心眼儿里憎恨女人，然而他的妻子拯救了他。您知道我在什么地方认识了我后来的妻子吗？他说，我对您什么时候讲过这一段了吗？他问，我心里说，他给我讲了多少遍了，但我没有说，他说，我是在艺术史博物馆里认识我妻子的。您知道在艺术史博物馆的什么地方吗？他问，我想，我自然知道在艺术史博物馆的什么地方，他说，就在博尔多内大厅，在这长椅上，他说话的样子，仿佛他真的忘记了，他给我讲了不下几百遍，他在博尔多内展厅的长椅上认识了他的妻子，当他现在又讲给我听时，我装出的样子好像我从未听他说过。他说，那一天天气阴沉沉的，我那天感到很绝望，当时我正紧张地从事着叔本华的研究，我失去了对笛卡尔的兴趣，当时对整个法国思想界都不大感兴趣了。我坐在这里的长椅上，思考着叔本华的某一句话，我想不起来是哪一句了，他说。这时突然一位看样子很倔强的女人在我身旁坐下，并且没有过一会儿就站起来走开的意思。我给伊尔西格勒打了个手势，他先是不懂我手势的意思，然后他也无法做到让在我身旁坐着的女人起来走开，这女人坐在长椅上盯着《白胡子男人》看，雷格尔说，我想她就这么盯着《白胡子男人》看了一个钟点之久。您很喜欢丁托列托这幅《白胡子男人》吧？我问坐在我身旁的女人，雷格尔说，起先她没有回答我。过了好一会儿这女人才说出一声让我兴奋不已的"不"，这样一声"不"我还从未听到过，雷格尔说。丁托列托的《白胡子男人》您根本就不感兴趣？我问那女人。她答道，是的，我不感兴趣。所谓僵局打破了，开始了关于艺术、绘画，尤其关于历代大师的谈话，雷格尔说，一路谈下来，我忽然一反常态没有兴趣中断谈话了，我关注的其实并非内容，而是谈话进行的情形。最后，我反复考虑后，我建议这女人与我一起到阿斯托里亚饭店吃中饭，她接受了我的邀请。后来没有多久我们就结婚了。婚后我发现，她家产雄厚，在内城有好几家商店，在兴格尔大街和施皮格尔胡同有几处出租房屋，甚至于在煤市大街也有，他说。还不算别的财产。我忽然娶了一位聪明的、富有的世界公民做妻子，雷格尔说，她用其智慧和财产拯救了我，在我认识这女人的那个时候，我正所谓一蹶不振，他说。您看，他说，我得好好感谢艺术史博物馆。也许我每隔一天就到艺术史博物馆正是这个原因，他笑着说，自然实际上并不是这样。您知道，我妻子在格林卿希默尔大街的所谓希默尔家中曾有一个大保险柜吗？大得几个人走进去一点问题也没有。他说，里边藏有斯特拉迪瓦里工厂、瓜尔内里家族和马基尼制作的极其珍贵的提琴，雷格尔说，还不说一切其他贵重物品。我妻子和我一样"二战"期间在伦敦，我没有在伦敦就认识她是很令人诧异的事情。我妻子当时和我共处于同一个交际圈子，好多年就都是擦肩而过。另外，雷格尔说，我妻子与我结婚前曾向艺术史博物馆捐赠多幅名画，其中有一幅很珍贵的、绝非败笔的富里尼，您可以在奇戈利和恩波利[1]两位画家的旁边立刻找到这幅画，正确地说是在他俩的中间，这个奇戈利我很不喜欢。

---

[1] 富里尼（Furini）、奇戈利（Cigoli）和恩波利（Empoli）均为意大利画家。

他说，在与我结婚后，我妻子没有再捐赠画，我对她说，你要弄清楚，捐赠这种事情没有多大意义，捐赠本身就是一件讨厌的事。他说，您试想一下，在我们结婚前，我妻子把一幅毕德迈耶时期的维也纳城市地图，我想是高尔曼所作，送给了她的一个侄女。一年以后，当她有一次并非出于兴趣，只是偶然地来到"维也纳市博物馆"，不过是所谓在两顿饭中间消磨一下时间，您猜怎么着，她在这家我认为根本就不值一提的"维也纳市博物馆"发现了她送给她侄女的高尔曼。您可以设想她当时多么吃惊。她立刻来到博物馆经理部，在那里她得知，她的侄女从她姑姑也就是我妻子那里得到了这张地图后，还好不是几天后，但也不过只有几周后，便以二十万奥地利先令的价格卖给了"维也纳市博物馆"。赠送礼物是一件最荒唐的事情。我很快就对我妻子讲清楚这个道理，从此她再也不赠送礼物了。我们把已经作为心爱之物与我们密不可分的艺术品，像人们所说的那样，从我们身上剥离下来，而受赠者却到这里来卖掉，赚取一笔巨额款项，雷格尔说。赠送礼品是非常可怕的习惯，所以仍然常行不衰，自然缘于内心的愧疚，经常也因为普遍对孤独的恐惧，雷格尔说，一种恶劣的习气，缺乏教养，不珍视礼物，认为应该得到更多，永不满足，最终甚至会产生仇恨，他说。我这一辈子从未赠送礼

155

物，也总是拒绝收受礼物，我一辈子都害怕成为赠礼的对象。您知道，雷格尔说，伊尔西格勒也参与促成了我与我妻子的婚姻吗？如我后来得知的，伊尔西格勒看见了我妻子在塞巴斯蒂亚诺厅突然浑身无力地靠在了墙上，对她说她可以到博尔多内厅的长椅上坐一会儿，伊尔西格勒领她从塞巴斯蒂亚诺厅出来到了博尔多内厅，我妻子听从他的劝告坐到了长椅上，雷格尔说。假如伊尔西格勒不领她到博尔多内厅里来，那么我可能永远也不认识她，雷格尔说。您知道我不相信什么巧遇，他说。如此看来伊尔西格勒是我们婚姻的缔造者，他说。长时间里我和我的妻子没有想到伊尔西格勒归根到底是我们婚姻的缔造者，直到有一天我们追述我们相识的过程才发现了这一点。伊尔西格勒有一次说，他当时在塞巴斯蒂亚诺厅对我后来的妻子观察了好长时间，他当时不明白，她发生了什么事，他从开始就觉得她的举止有点特别，他甚至认为她打算拍照塞巴斯蒂亚诺厅里某幅画，这是严格禁止的，她的手包比通常所见的要大，博物馆是禁止把这样的手包带进来的，当着他的面她把相机藏到了手包里，他起先这样想，后来发现她疲惫不堪的样子。人们在博物馆里总是要犯一个错误，那就是打算做得太多，想要把一切都看完，他们走啊走啊，看啊看啊，然后忽然坚持不住了，累垮了，他们让这顿艺术大餐撑坏了。我后来的妻子当时就是这样，伊尔西格勒搀扶着她到博尔多内展厅，雷格尔说，艺术门外汉进到博物馆里，由于要看的东西太多，面前的博物馆成了可怕的庞然大物。但是关于怎样参观博物馆自然没有具体的建议。内行来到博物馆，雷格尔说，最多也就只看一幅画、一尊雕像、一件物品，他们来到博物馆为了观看一幅韦罗内塞、一幅委拉斯开兹，为了鉴赏它们，雷格尔说。这些所谓艺术专家让我嫌恶，他说，他们径直来到一件艺术作品前，无耻地、胆大妄为地审视它然后离开博物馆，我憎恨这些人，雷格尔说。反过来我每逢看到外行在博物馆里不加选择和批评地将一切都吞食下去，恨不能在一个上午就把全部西方绘画艺术一网打尽，我也非常反感，可惜每天我们都能看到这种景象。我妻子在我认识她的那天，正为所谓矛盾心理所折磨，她在内城跑了几个钟点，始终决定不下，是到布劳恩公司商店里购买一件大衣，还是在克尼策公司的商店里买套装。于是她在这两处走来走去，最后决心既不去这家商店买大衣，也不去那家商店买套装，而是进了艺术史博物馆，这家博物馆她以前只来过一次，还是小孩子时牵着爸爸的手走进博物馆的，她爸爸是一位很懂艺术的人。雷格尔说，伊尔西格勒自然意识到他作为婚姻缔造者的作用。假如伊尔西格勒把完全另外样子的一个女人领

157

到博尔多内厅里，我常常想，雷格尔说，完全另样的女人，雷格尔重复说，一位英国人或者法国人，那事情就难以设想了，他说，我们坐在长椅上心里很烦，头脑很乱，雷格尔说，在某种程度上，我们只有垂头丧气的份儿，毫无希望，雷格尔说，这时一个女人让人领过来坐在我们身边，我们娶了她，我们于是得救了。几百万夫妻都是坐在长椅上相互认识的，这是人们能经历的最乏味的一次经历，但是正是这最乏味的可笑经历对我来说至关重要，我的生存要归功于它，如果我没有认识我的妻子，我就无法继续生存下去了，今天我比任何时候都清楚地看到了这个事实。多年来，我坐在这长椅上某种程度上处在深深的绝望之中，忽然我得到了拯救。在相当程度上，我的一切也要感谢伊尔西格勒，没有他我也早就不存在了，雷格尔说这话时伊尔西格勒正好从塞巴斯蒂亚诺展厅朝博尔多内厅张望。中午十二点左右艺术史博物馆里大多数情况下已经没有多少参观者了，在所谓意大利艺术区除了我们已经看不到其他人了，伊尔西格勒从塞巴斯蒂亚诺展厅朝博尔多内展厅里边迈了一步，仿佛他想给雷格尔表示愿望的机会，但雷格尔没有什么要伊尔西格勒替他做，于是伊尔西格勒立刻又退回塞巴斯蒂亚诺展厅，他的确先是退着走出博尔多内展厅的。雷格尔说，他同伊尔西格勒的关系比一个近亲还要亲，他认为，我与伊尔西格勒的联系比我以往与我任何一个亲戚更为紧密。他说，我们将我们之间的关系保持在理想的均衡状态，几十年一直处于这种理想的均衡状态中。伊尔西格勒虽然不确切地知道具体的怎样，总感觉受到我的庇护，正如反过来我总感到受伊尔西格勒的庇护，当然也不知道具体在什么事情上，他说。我与伊尔西格勒之间是一种非常理想的联系。自然伊尔西格勒对我一无所知，雷格尔现在说，把自己更多地披露在他面前是完全没有必要的，是荒唐的，正因为他对我一无所知，我们之间的关系才如此理想，正因为我自己对他也知之甚少，雷格尔说，我对伊尔西格勒的了解只限于最平常的表面，他对我也只了解我最一般的表面现象。我们对一个与其保持着理想关系的人，不可以比我们对其已经了解的程度更深入，雷格尔说，否则我们就破坏了这理想的关系。在这里伊尔西格勒是定调的，雷格尔说，如果他说，雷格尔先生，从今天起您不要坐这长椅了，我不能说个不字，我已经三十多年持续到艺术史博物馆坐在这博尔多内展厅的长椅上，简直是再荒唐不过的事情。我不相信，伊尔西格勒向他的上司讲过我三十多年来一直每隔一天就到艺术史博物馆来坐在博尔多内展厅的长椅上，就我对他的了解，他肯定没有这样做，他明白，他不可以这样做，不可以让经理部得知此事。如果他们得知，这个人三十年来每隔一天就到艺术史博物馆来坐在博尔多内展厅的长椅上，那他们就会立刻把像我这样一个人送进精神病院，送到施泰因霍夫。对精神病医生来说，我是他们求之不得的对象。雷格尔说，其实一个人想进精神病院，并不需要三十多年每隔一天就坐在博尔多内展厅丁托列托的油画《白胡子男人》前面，假如一个人连续两三周这样做，也就完全够了，雷格尔说，可是我对此习以为常已经三十多年了。结婚后仍然没有改掉这个习惯，相反，有了我的妻子，每隔一天就到艺术史博物馆来坐在博尔多内展厅的长椅上这个习惯更厉害了。对精神病院医生来说，我就是人们所说天上掉下的馅饼，装满珍奇的宝库，但是精神病院医生没有机会将我变成他们的佳肴和宝库。雷格尔说，成千上万的人做了所谓发疯的事情进了精神病院，但说到发疯没有一个人比得上我。雷格尔说，关进精神病院的那些人，或者只因为一次本该举手的时候他们没有举，或者只因有一次把黑说成了白，雷格尔说，您能想象得到吗？他说，但是我没有发疯，只不过我这个人与众不同，我是习惯的奴隶，而我的习惯又很特别，那就是每隔一天就到艺术史博物馆来坐在博尔多内展厅的长椅上，如果说起先对我妻子来说这个习惯很可怕，那么后来她终于觉得这是个很招人喜欢的习惯，最近几年，每逢我问她，她总是说，与我一起到艺术史博物馆坐在博尔多内展厅长椅上观看丁托列托的《白胡子男人》是很可爱的习惯。确实我想，雷格尔说，艺术史博物馆是给我保留下来的、唯一的庇护所，为能继续生存下去，我必须到历代大师这里来，而且正是这些我早就，可以说几十年来就憎恨的所谓历代大师，归根到底我最憎恨的就是艺术史博物馆里的这些所谓大师，或者说所有的历代大师，总之一切称之为历代大师的人，无论他们姓甚名谁，无论他们画的是什么，雷格尔说，然而让我现在还活在这个世上的正是他们。我走在这座城市里想着，我忍受不了这个城市，忍受不了这个世界，当然因此也就忍受不了整个人类，因为世界和整个人类已经可怕得让人无法再忍受下去了，至少对于像我这样一个人。无论是对于一个理智的人还是对于一个像我这样富于情感的人，这个世界和其中生活的人不久都是无法再让人忍受下去的了，您知道吗，阿茨巴赫尔？我觉得在这个世界上和这些人中间已经没有什么有价值的东西了，他说，这个世界上的一切以及人类的一切都是麻木和迟钝的。他说，这个世界以及人类的麻木、迟钝，已达到一种像我这样的人所不能忍受的程度。像我这样的人不能跟这样一个世界生活在一起，像我这样的人不能够与这样的人类生活在一起，他说。这个世界上的一切都麻木、迟钝到了无以复加的地步，这个世界和人类的危险和残暴已达到了如此程度，让我觉得在这个世界上和在这些人当中几乎不可能哪怕是继续待上唯一的一天。雷格尔说，即使历史上那些最有远见的思想家也没有料到会达到这样的程度，叔本华没有想到，尼采没有想到，更不要说蒙田了，雷格尔说，至于说到我们最杰出的、我们的世界和人类最杰出的作家，他们关于世界和人类预言的和写的丑陋和败坏同现实的相比那简直是小巫见大巫。即使陀思妥耶夫斯基，我们最伟大的一位远见卓识的作家，笔下的未来也只作为可笑田园来描写，狄德罗也是如此，陀思妥耶夫斯基描写的可怕地狱与我们今天所处的境况相比简直就没什么可怕的了。今天我们所处的境况那才真是一想起来脊梁骨就冒寒气的地狱，狄德罗预言的和写的地狱也是如此，同今天我们所处的境况相比真是无所谓了。这一位从其俄国的、东方世界的立足点出发，如同其西方世界的对手，思想家和作家狄德罗一样，都没有预见、预言和预写到今天我们所处的绝对是地狱的境况，雷格尔说。世界和人类今天达到了其在历史上从未达到过的地狱般状态，这是真情，雷格尔说。这些伟大的思想家，伟大的作家，他们大家预见和预写出来的一切，与我们今天处在其中的地狱相比那简直就是安逸的田园，尽管他们认为他们描写的是地

162

狱。今天的一切充满了卑鄙和恶毒，充满了谎言和背叛，雷格尔说，人类还从未有像今天这样无耻和阴险。我们可以观看我们想观看的，我们可以去我们想去的地方，我们看到的只有恶毒和无耻、阴险和背叛、谎言和虚伪，看到的总是绝对的卑劣。不管我们看什么，不管我们到哪里去，我们都要去对付恶毒、谎言和虚伪。如果我们到大街上去，如果我们敢于走到大街上去，雷格尔说，我们看到的只能是谎言和恶毒，只能是虚伪和背叛，只能是最卑劣的卑劣。我们走到大街上就是走进卑劣中去，走进卑劣和无耻，走进虚伪和恶毒。我们说，没有比这个国家更虚伪、更恶毒的了，但如果我们走出这个国家，或者只是朝外边看看，就会看到，除了我们国家，外边到处也都是恶毒和虚伪，谎言和卑劣当道。我们说我们的政府是能想象出来的最讨厌的政府、最虚假的、最恶毒和卑鄙的，同时也是最愚蠢的政府，我们想的自然是对的，我们也随时去说，雷格尔说，但是假如我们从这个低劣的、虚假的、恶毒的和愚蠢的国家向外看，我们看到其他国家同样虚假卑鄙，总之同样的低劣，雷格尔说。但是其他这些国家与我们无关，他说，只有我们的国家与我们有些关系，因此每天我们都受到伤害，以致我们确实早已束手无策地生存在这样一个国家里，其政府卑鄙、迟钝、虚伪、欺骗，加之极其愚蠢。

163

每天只要我们思考，我们就感觉到，管理我们的政府是虚伪、骗人的和卑鄙的，这还不算，而且是人们想象得到的最愚蠢的，雷格尔说，我们想到我们什么也不能改变，这是最可怕的，我们只好软弱无力地一旁观看，这个政府如何越来越骗人，越来越虚伪、卑鄙和低劣，我们在某种程度上只能手足无措地在一旁看着，这个政府如何持续不断地越来越糟糕、越来越令人无法忍受。不仅仅是政府虚伪、骗人、卑鄙和低劣，议会也是如此，雷格尔说，有时我觉得议会比政府还要虚伪、骗人，说到底这个国家的司法是多么虚假和卑鄙，还有这个国家的媒体、文化，归根到底这个国家的一切，在这个国家里几十年来充斥着虚伪和哄骗、卑鄙和低劣，雷格尔说。这个国家的确已经下降到最低点，绝对到了最糟糕的境地，不久就会放弃其意识、目的和精神。到处都在大谈特谈民主，简直令人厌恶！他说，您到街上去试试，您得不停地把眼睛、耳朵和鼻子堵上，您才能在这个实际上已成为公害的国家里生活下去。每天您都不相信自己的眼睛和耳朵，他说，您都在越来越吃惊地经历这个国家的败落。这个国家的腐败，这个被愚化的民族的穷途末路。雷格尔说，这个民族和这个国家的人们不进行反抗，雷格尔说，像我这样一个人对此每天都倍感痛苦。人们自然看到和感受到这个国家日益低劣和卑鄙，但他们没有采取行动去抵制。政治家是刽子手，是每一个民族和每一个国家屠杀民众的刽子手，雷格尔说，几百年来，政治家们就谋害民族和国家，没有人能够阻止他们。我们奥地利人的政治家，雷格尔说，是最狡猾也是最没有思想的国家和民族的谋害者。政治家作为国家谋害者占据我们国家的最高位置，他们也把持着我们的议会，他说，这是事实。每位总理，每位部长都是国家的谋害者，同时也是民族的谋害者，他说，一个下去了，另一个又上来，他说，这位作为总理的谋害者走了，那位作为谋害者的总理又上来了，作为国家谋害者的这位部长走了，另一位又来了。民众总是只是被政治家谋害的民众，他说，但民众看不到这一点，他们虽然感觉得到，但他们什么也看不到，这是悲剧，雷格尔说。我们刚刚高兴地看到，这一位作为总理的国家谋害者走了，那另一位立刻就来了，雷格尔说，真是可怕极了。政治家是国家谋害者和民族谋害者，只要他们大权在握，雷格尔说，他们毫无廉耻地干着谋害的勾当，国家的司法部门支持他们卑鄙无耻的谋害，支持他们的卑鄙无耻地滥用权力。话又说回来，民众和社会有这样的国家自然是咎由自取，他们只配有谋害者作为政治家，雷格尔说。这是些怎样卑鄙、迟钝的滥用国家者，怎样的卑鄙、阴险的民主的滥用者啊，雷格尔感叹道。政治家绝对控制着奥地利，雷格尔说，那也就是说谋害国家者绝对地控制了奥地利。这个国家的政治状况此刻如此令人沮丧，只能让人夜不能寐，奥地利其他方面的状况也同样如此。如果您有机会与司法部门打交道，那您就会看到，司法部门是如何的腐败、卑鄙和低劣，还不说近几年司法中多得令人吃惊的误判和错判，没有一周里不会在早已了结的案子里又发现审理过程中的重大错误，于是将所谓第一次判决推翻，以误判为其特征的奥地利司法部门最近几年误判的百分比很高，都是所谓的政治性的误判。雷格尔说，我们今天的奥地利不仅是一个地地道道的衰败的、魔鬼般的国家，而且有地地道道衰败的、魔鬼般的司法。许多年来奥地利司法就不可信了，其运行完全以卑鄙的政治方式，而不是照道理应该独立。谈到奥地利司法的不独立，那真是对真理的讽刺。今天奥地利的司法是政治性的司法，不是独立的司法。今天奥地利的司法的确是危及全社会的政治性司法，雷格尔说，我知道我在说什么，他说。司法在今天与政治沆瀣一气，您只要与这个天主教-国家社会主义的司法机构有接触，并且冷静地去研究就会明白，雷格尔说。奥地利今天不仅在欧洲，而且在世界范围内都是一个所谓司法审判失误最严重的国家，这是灾难。如果您同司法机构接触，您知道我本人就经常与它们打交道，那您就会发现，奥地利司法是危险的天主教-国家社会主义的压榨人的机器，驱动它的不是按照要求应有的公正，而是其反面，司法状况一片混乱，没有哪个国家的司法比奥地利的更加混乱、更加腐败、更加无耻和危及社会了，雷格尔说，不是偶然的愚蠢，而是蓄意的、卑鄙的政治目的左右着奥地利天主教-国家社会主义的司法，雷格尔说。如果您被带到奥地利法庭上，那您就只好受地道的天主教-国家社会主义司法来摆布了，那里黑白不辨，是非颠倒。雷格尔说，奥地利的司法不仅专横霸道，而且是碾碎人的机器，公正被荒谬的不公正磨盘碾碎。至于谈到这个国家的文化，雷格尔说，更加令人恶心。至于所谓历代大师，已经陈旧乏味，已经被吸干榨尽，已经售罄销光了，早就不值得我们去注意了，这您和我一样清楚，至于说到所谓当代艺术，如人们所说的，那是一钱不值。奥地利的当代艺术是如此廉价，都不值得我们为它脸红。几十年来，奥地利艺术家制造出来的都是浅薄煽情的烂货，按我的想法应该把它们扔到粪堆上去。画家画出来的是垃圾，作曲家创作出的是垃圾，作家写出来的是垃圾，他说。最臭的垃圾是奥地利雕塑家塑造出来的。雷格尔说，奥地利雕塑家的垃圾最臭，但却大受赞赏，他说，这就是这可耻时代的特征。奥地利当代作曲家总而言之都是小市民的调门追随者，他们那些音乐厅里的烂货臭气冲天。奥地利作家总体上来说根本就没有什么发言权，对其无法言说的甚至也不会写。今天奥地利的作家没有一个人真正会写，雷格尔说，他们编造出来尽是讨厌的、多愁善感文学的模拟之作，无非是为了让自己的钱包鼓起来，他说，无论他们在哪儿写，写出的都是垃圾，他们写施蒂利亚的、萨尔茨堡的、克恩滕的、下奥地利的、上奥地利的、蒂罗尔的、福拉尔贝格的烂货，并把这烂货无耻地、追名逐利地铲到书的封皮里。他们坐在维也纳基督教堂区的公用房里，或者在克恩滕州临时凑合着住的乡野村居里，或者施蒂利亚州的后院里，写他们那些废话，仿制出臭不可闻的、枯燥乏味的文学垃圾，雷格尔说，这些人装腔作势的愚蠢表演不堪入目。他们的书就是两代或三代人制造出来的垃圾，这些人从未学会写作，因为他们从来没有学会思考，所有这些作家写出来的都是枯燥乏味的模拟，其中的哲学思想是虚假的，所谓乡土文学是伪装的。雷格尔说，这些在某种程度上可以说令人讨厌的机会主义的国家作家，他们的所有作品都是抄袭的，他说，每一行都是偷来的，每一句话都是盗来的。这些人几十年来写的都是没有思想的文学，他们这样做只是为了出头露面，拿去发表也是满足他们的明星欲。雷格尔说，他们将他们的极端愚蠢的货色输入到电脑里，然后以这样

168

的平庸乏味的蠢货获得各种各样的奖项。雷格尔说，假如我把施蒂夫特同今天这些从事写作的奥地利傻瓜相比，那么施蒂夫特还是很了不起的人物。虚假的所谓哲思和乡土情怀时下很流行，是这些没有独立思考能力的人所制造的愚蠢货色的主要内容。这些人的书不应送到书店，应该直接抛到垃圾场。总之，奥地利今天整个的艺术都应被抛到垃圾场去。歌剧院里演的是垃圾，音乐协会里的是垃圾，那些手拿锤子、凿子，傲慢无耻地称自己为雕塑家的人，实际上是些无产阶级卑鄙暴徒，他们的作品只不过是些大理石和花岗岩垃圾！雷格尔说，半个世纪以来总是这样一些让人沮丧的平庸之辈占据着艺术舞台，真是太可怕了。假如奥地利是一座疯人院也好啊！可是奥地利是一座医院，里边住的都是久病垂危的病人。老人在这里没有发言权，雷格尔说，年轻人更是如此，这就是今天的状况。自然所有这些从事艺术的人生活得都很不错，颁发给他们各种各样的奖学金和奖金，不是这儿冒出一个名誉博士，就是那儿冒出一个名誉博士，一会儿这里戴上一枚荣誉徽章，一会儿在那里戴上一枚荣誉徽章，他们总是一会儿坐在这一位部长身旁，一会儿又坐在另一位的旁边，今天他们在总理这儿，明天在总统那儿，今天他们坐在社会主义工会之家，明天又在天主教的工人培训部里让人家赞颂和忍受他

169

们。今天这些艺术家不仅在所谓的作品中是虚伪的，在他们的生活中也是如此，他们在生活中同在作品中一样虚假，雷格尔说。在他们那里，虚假的作品和虚假的生活不断交替出现，他们所写的是虚假的，他们的生活也是虚假的，雷格尔说。然后这些作家进行所谓作品朗诵旅行，在德国、奥地利和瑞士到处旅行，哪怕是与文学不搭界的感觉迟钝的小村小镇也不放过，他们从他们创作的垃圾中拿出一段朗读，让人称颂，让人把他们的钱包用马克、先令和瑞郎填满，雷格尔说。没有什么比所说的作家作品朗诵会更令人厌恶的了，他说，我觉得我最恨这种朗诵会了，但所有这些人到处去朗诵他们那些烂货，并不觉得有什么不好，归根到底没有人会在他们类似于四处抢劫的朗诵会上对他们所写的那一套感兴趣。可是他们就是要去朗诵，他们登台表演，向每位低能的市议员鞠躬，向每位头脑迟钝的乡镇首脑、每一位目瞪口呆的德语语文学者敬礼。他们从弗伦斯堡到博森一路朗诵他们的蠢货，毫不顾及廉耻地把这些臭气熏天的垃圾强加给听众。我无法忍受这种所谓作家作品朗诵会，雷格尔说，坐下去朗诵自己的废话，这些人朗诵的净是废话、垃圾。他们年轻时这样做还可以，雷格尔说，如果他们到了中年，或者快五十岁了，甚至超过了，那么这样做就特别令人反感。可事实上，正是这些上年纪的写手喜欢朗诵，雷格尔说，他们到处去读，或上讲台，或坐在桌旁，朗读他们写的烂货，朗读他们那迟钝的、衰老的文字。即使他们的牙齿不齐，已无法把握他们那虚假的词语的发声，他们仍然还登上随便哪一个市政厅的讲台，朗读他们那些招摇撞骗的胡诌八扯。雷格尔说，一个歌唱家演唱歌曲，已经让人无法忍受，一个作家去表演自己的作品更令人无法忍受。雷格尔说，登上讲台朗读其机会主义的烂货的作家，哪怕是在法兰克福的保罗教堂，他也只配是个流动剧团蹩脚的小演员。雷格尔说，在德国、奥地利和瑞士到处都有这样一些机会主义的蹩脚的小演员。是的，他说，如此看来怎能不让人对一切感到绝望呢。但是我努力不让自己对一切都感到绝望。我今年八十二岁了，拼命去抗争，不让自己对一切感到绝望。他说，在这个世界上这个时代里一切都是可能的，可是不会永远都是这样。伊尔西格勒出现了，雷格尔朝他点头，仿佛想说，你过得比我好，伊尔西格勒转过身去，复又消失。雷格尔手撑在双膝夹着的手杖上说：您想想看嘛，阿茨巴赫尔，野心勃勃地要创作音乐史上最长的交响乐，这算什么本事。除了马勒没有谁会想做这种事情。某些人认为，马勒是奥地利最后一位伟大的作曲家，这很可笑。一个头脑完全清醒的人，为了挑战瓦格纳，让去掉五十名弦乐演奏员，太

171

可笑了。雷格尔说，马勒使奥地利音乐绝对走到了最低谷。他的音乐纯粹是煽动群众的歇斯底里，他说，与克利姆特[1]一样。希勒[2]是更重要的一位画家。今天甚至克利姆特一幅很不怎么样的廉价煽情之作也可卖上几百万英镑。简直不可思议，令人反感。希勒的作品不是只图煽情，但是他自然也不是一个伟大的画家。像希勒那样水平的画家这个世纪里在奥地利还是有一些，但除了科柯施卡[3]没有哪一位是确实有重要影响的伟大画家。另一方面我们也得承认，我们也不可能知道什么是真正伟大的绘画艺术。雷格尔说，我们艺术史博物馆这里有好几百幅所谓伟大的绘画，但随着时间的推移我们觉得它们不再是伟大的，不再那么具有重要影响了，因为我们过分仔细地研究了它们。雷格尔说，任何我们仔细研究过的，在我心中便丧失了价值。所以我们应该避免这样做，根本就不要仔细地研究什么。但我们实际上做不到，我们只能仔细地去研究。这是我们的不幸，我们这样做就把一切都给溶化了，把一切消灭了，我们几乎把一切都给毁灭掉了。歌德的诗行，雷格尔说，我们长

1　古斯塔夫·克利姆特（Gustav Klimt，1862—1918），奥地利著名画家，"分离派"奠基人，作品有《吻》《死与生》等。

2　埃贡·希勒（Egon Schiele，1890—1918），奥地利著名表现主义画家，作品有《女人和两个孩子的家庭》等。

3　奥斯卡·科柯施卡（Oskar Kokoschka，1886—1980），奥地利画家、诗人、著名表现主义艺术家，画作有《游戏的儿童》等，剧作有《燃烧的荆棘》等。

久地研究，直到它不再如我们开始时觉得那么不同凡响，对于我们来说它逐渐地失去了价值，最终可能出现这样的情况，开始时我们觉得那是我们读过的最了不起的诗行，最后会让我们极为失望。一切我们仔细研究的最后都会让我们感到失望。运用分解和瓦解的程序，雷格尔说，早年间就对此习以为常，没有想到这乃我之不幸。如果我们较长时间去研究莎士比亚，那么他就会完全破碎了，他书中的句子就会让我们烦得受不了，人物形象在戏剧冲突前就已坍塌，会把一切都给我们毁掉。雷格尔说，最终我们对艺术根本就没有兴趣了，就像对生活没有兴趣一样，尽管它仍那么自然，因为我们逐渐丧失了单纯，随之也丧失了愚蠢。取而代之的是我们拥有了不幸。雷格尔说，今天我绝对不可能去读歌德，去听莫扎特，去观看达·芬奇、乔托，现在我缺少这样做的前提条件。下周我将再次与伊尔西格勒去阿斯托里亚饭店吃饭，他说，我妻子在世时我们每年至少三次请伊尔西格勒到阿斯托里亚饭店吃饭，我欠伊尔西格勒的情，我要把以前的做法继续下去。他说，我们不可以对像伊尔西格勒这样的人只是利用，我们也要经常做些让他们高兴的事。最好就是我请他去阿斯托里亚吃饭。我当然也可以常常与他全家到普拉特去，但是我的体力不行了，伊尔西格勒的孩子们像藤蔓一样攀附在我身上，几乎把我的衣裳扒掉。他说，您知道，我很讨厌普拉特这个地方，喝得醉醺醺的男男女女，在射击棚前开着浅薄的玩笑，听任粗俗和无聊大行其道，每逢我在普拉特都有一种从头到脚被玷污的感觉。今天的普拉特已不是我小时候见到的那个普拉特了，那时普拉特是一个热闹的休闲公园；今天的普拉特是粗俗的人麇集的场所，是刑事犯罪多发的地方。整个普拉特充斥着酗酒和犯罪，我们在那里遇见的是狂妄的弱智，是无耻的暴行，是维也纳的卑鄙和龌龊。每天报纸上都有普拉特杀人案的新闻报道，每天在那里都有一起，经常是好几起强奸案。我童年时，普拉特每天都充满欢乐，春天那里空气中的确飘着丁香和栗子树花香。今天那里无产者的病态反常令人掩鼻。普拉特，这昔日最可爱的休闲娱乐的地方，今天只是一个庸俗的、滋生卑鄙和罪恶的市场。假如普拉特仍然像我童年时那样，雷格尔说，我就与伊尔西格勒一家到那里去，可是现在我不去那里了，假如我与伊尔西格勒一家去普拉特，我就几周无法正常生活，身心都备受打击。我母亲当年与其父母乘马车在普拉特沿着林荫大道行进，身穿薄薄的丝质连衣裙。这一景象早已成历史，雷格尔说，一切都成为过去了。今天，假如您在普拉特背后没挨枪子，他说，没有被刀刺进心脏，没叫人把您的钱包给偷了去，您就值得庆幸了。今天这个时代是地地道道的残暴的时代，与伊尔西格勒一家的孩子到普拉特，我只去过一次，从此再也没有去。他们像藤蔓攀附着您，把您的衣裳拽下来，总要我与他们一起乘车去妖魔洞，或者去乘旋转木马。雷格尔说，玩这些我总是头晕恶心。我并非不满意伊尔西格勒的孩子们，只是我忍受不了他们。伊尔西格勒一个人还可以，整个一家子可就不行了。与伊尔西格勒在阿斯托里亚坐在墙角桌旁眺望空无一人的迈塞德胡同，这样做可以，但是与他一家子去普拉特不成。每次我都找到一个新的借口，以避免与他一家子去普拉特。与伊尔西格勒一家逛普拉特，我觉得仿佛是造访地狱。伊尔西格勒妻子说话的声音我也忍受不了，雷格尔说，我确实无法忍受她的声音。说到底伊尔西格勒的孩子们说话的声音也很可怕，要是这些孩子长大了，那声音可真够受的了。难以设想像伊尔西格勒这么安静的人，有像他那大嗓门女人那样的妻子，有像伊尔西格勒孩子们这样大嗓门的孩子。有一回伊尔西格勒向我建议，我可以与他一家到乡村去，到维也纳郊区。这建议我也拒绝了，多年以来我一直想方设法地避免与伊尔西格勒一家去维也纳郊区。您设想一下，我与他一家到乡下去，他的孩子可能高兴地唱起歌来。这我可受不了，伊尔西格勒的孩子要求我与他们一起去森林里玩，想想看，前边是伊尔西格勒的妻子，后头是伊尔西格勒，中间是与我在一起，很可能跟我手拉着手的伊尔西格勒的孩子。伊尔西格勒一家还可能要求我与他们一起唱。普通的人渴望到大自然中去，渴望到野外，我从未有这样的渴望。雷格尔说，如果与伊尔西格勒一家到维也纳郊区散步，还要去餐馆吃饭，那是最可怕的事情。想到伊尔西格勒一家当着我的面吃着煎肉排，花着我的钱用葡萄酒、啤酒和苹果汁把肚皮撑得鼓鼓的，我就觉得恶心。与伊尔西格勒在阿斯托里亚吃饭，对我也是乐趣，不必装模作样，一年三次与伊尔西格勒在阿斯托里亚很随便地吃顿饭，再喝上一杯葡萄酒，雷格尔说，这样做可以，任何别的都不成。普拉特绝对不行，到维也纳郊区也绝对不可能。假如伊尔西格勒哪怕有一点点音乐细胞的话，雷格尔说，那我有时可以带他去听音乐会，或者我干脆就把我的那些观摩票让给他，可惜他对音乐一窍不通，让他去听音乐会那是让他受罪。要是任何别人虽然受罪也会在音乐协会坐到第三排或第四排座位上听贝多芬的《第五交响曲》，因为没有什么地方能像在那里那样让人的虚荣心得到满足；伊尔西格勒不这样，他总是拒绝去音乐协会，原因他说得很简单：我不喜欢音乐，雷格尔先生。雷格尔说，三年以来伊尔西格勒一家期待我与他们一起去普拉特，他说，有一回我说头疼，另一回我说嗓子痛，第三回我说我很忙，有太多的信件要处理，每次不得不这样回答都让我自己生厌。伊尔西格勒很清楚我为什么不与他一家去普拉特，我没有对他讲，可伊尔西格勒他不傻。雷格尔说，在阿斯托里亚他总是点清炖牛臀尖，因为我也总是点这道菜。雷格尔说他总是等我先点这道菜后也点这道菜。但是我喝的是矿泉水，他要的是一杯葡萄酒佐餐。清炖牛臀尖这道菜在阿斯托里亚不总是上乘的制作，但在这家饭馆我很喜欢吃它。伊尔西格勒吃得很慢，这在他身上很不寻常。我吃这道菜吃得很慢，我想，我吃得比伊尔西格勒还要慢，虽然我尽可能慢点吃，但伊尔西格勒吃得比我还要慢得多。啊，伊尔西格勒，上次在阿斯托里亚我对他说，我有很多事情要感谢您，很可能我的一切都仰仗您。他当然不懂我为什么这样说。在我妻子去世后我突然孤身一人了，我虽然有不少熟人但没有一个朋友，在这种可怕的状况下，我也不愿意烦扰您。有半年时间我避开同任何人的任何联系，我就是不愿意回答他们那些特别让人心烦的问题，他们毫不忌讳地询问关于死亡的具体情节，而且不分场合，简直不可思议；我想躲避这一切，我只有伊尔西格勒了。妻子去世后几乎半年过去了，我仍然不去艺术史博物馆，半年以来我才又恢复到艺术史博物馆的习惯，开始一段时间自然不是每两天一次，而是最多每周一次。

现在有半年多了我又每隔一天来一次艺术史博物馆。伊尔西格勒是我唯一可能继续与之交往的人，因为他什么也不问。雷格尔说，我老在考虑，我与伊尔西格勒到阿斯托里亚呢，还是到帝国饭店，一定要去那最上等的餐厅之一，但是伊尔西格勒在帝国饭店觉得不自在，不如在阿斯托里亚舒服，像伊尔西格勒这样的人不适应帝国饭店那绝对的高雅气派，雷格尔说，阿斯托里亚不那么张扬，比较本分。我希望随时能对伊尔西格勒表示我的感谢，他对我的确很重要。雷格尔说，伊尔西格勒一个让人高兴的特点是能倾听别人，能做到一点都不带催促地、耐心地倾听。如果说与伊尔西格勒在一起我觉得很舒适，那么与伊尔西格勒一家交往我则感到最难受。像伊尔西格勒这样一个人怎么会，雷格尔说，与一个说话声音如此刺耳、走路姿势像母鸡一样的一个女人生活在一起。我们经常想这样两个完全不同的人怎么会走到了一起。雷格尔说，那女人说起话来像动物一样的歇斯底里，走路像只母鸡，而伊尔西格勒这样一个男人是那样随和、平静，那样令人愉快。自然伊尔西格勒的孩子们几乎继承了母亲的一切，他们身上几乎没有父亲的影子。雷格尔说，一个赛一个地失败，伊尔西格勒的孩子在遗传这方面都不成功，自然，父母都认为他们的孩子生长发育得很完美，所有父母都这样相信。想想将来伊尔西格勒的孩子们会变成什么样，雷格尔说，简直觉得可怕，每逢我瞧着他们，现在就看出来他们不会是中等的，而是远远低于中等水平的人，性格上至少是矛盾和分裂的。雷格尔说，愚钝的一窝这个概念出现在我的脑子里，这正是伊尔西格勒家庭让我感到不快的原因。这样一位杰出的、少有的具有个性的男人，和这样一个缺乏教养的家庭。可惜这种现象是屡见不鲜的。他说，作为机会主义者来到这个世界上的奥地利人，是些胆怯的人，他们靠着隐瞒和忘却生存。再大的骇人听闻的政治事件，再大的罪恶，一周之后他们便能忘记。雷格尔说，奥地利人也是生就的罪行掩盖者，奥地利人掩盖任何一种，哪怕是最卑鄙的罪行，因为如上所述他们是与生俱来的胆怯的机会主义者。我们的部长们几十年来犯下令人发指的罪恶都被这些胆怯的机会主义者掩盖了。几十年来这些部长们凶残地瞒天过海，都被他们给掩盖了。几十年来这些肆无忌惮的奥地利部长们欺骗奥地利人，也都被这些胆小鬼给掩盖了。假如时而这样一位蒙骗人的罪恶的部长被追究了，被撤职查办了，雷格尔说，因为他三十多年所犯的严重罪行，那可谓是一个奇迹了，但是一个星期之后，整个政治丑闻就会被忘记，因为这些胆小鬼忘记了它。偷了二十奥地利先令的贼被司法机关追捕并关进监牢，部长级的百万、千万的巨骗最坏的下场是拿着巨额退休金走人，不久也就被忘记。现在又有一位部长受到了追究，的确不寻常，他说，可是您看，他刚被撤职，被赶走，报纸上刚报道他的情况，说他是数十亿巨资的骗子，这些报纸刚报道这位部长是侵吞巨资的要犯，应该把他送上法庭，他就被这些报纸，由此也被公众永远忘却了。根据其罪行这位部长应被起诉、被送上法庭关进监狱，如我有权会判他无期徒刑，他却正在卡伦山上他的别墅里品尝丰盛大餐，没有人想到要去打扰他。他作为退休部长过着花天酒地的生活，哪天他死了，他会享受到国葬的待遇，并在中央公墓 [1] 获得荣誉位置，雷格尔说，下葬在已经先于他过世的、与他一样的罪犯部长同仁的墓旁。涉及部长们，以及所有其他执政者的劣迹和罪行，奥地利人是与生俱来的胆怯的机会主义者，是天生的掩盖者和健忘者。奥地利人，雷格尔说，一辈子卑躬屈膝，一辈子掩盖那些骇人听闻的罪行劣迹，只为能够继续活着，这是事实。他说，报纸不过就是披露出来、抨击，自然还要添油加醋一番，但是它们会立刻又机会主义地否定这一切，机会主义地忘记这一切。雷格尔说，说到政治丑闻和政治罪恶，报纸是揭发者、煽动者，同时也是掩盖者、封闭者

1　中央公墓（Zentralfriedhof），欧洲最大的一座陵园，这里有著名音乐家莫扎特、贝多芬、舒伯特、勃拉姆斯、施特劳斯等人的墓，是旅游者在维也纳参观的重要项目之一。

和压制者。雷格尔说，报纸固然对那些部长的下台起一定作用，它们不留情面地斥骂他们，深刻地谴责他们，欲将他们，如人们经常所说的，灭掉，强迫联邦总理撤掉这些犯罪的部长，但是总理刚刚将这些部长解职，这些报纸就把他们给忘记了，同时也忘记了他们所犯下的骇人听闻的罪行，雷格尔说。奥地利的司法，雷格尔说，是让奥地利政治家驯服了的司法，这是事实，说别的都是扯谎。一件丑闻，不仅被政府，同时也被报纸所掩盖，这一事实让我无法平静，雷格尔说。您作为一个奥地利人别想过平静的生活了，过去这几年里没有一天没有政治丑闻，今天政治的卑鄙恶劣已达到了前所未有的程度。不管脑子想到什么，脑子里总是这些丑闻，让你无法消停。雷格尔说，我可以随心所欲，想干什么就干什么，但这些丑闻盘踞在我脑子里挥之不去。每逢我们打开报纸，立刻又是政治丑闻，雷格尔说，我们这个已被肢解得面目皆非的国家，其政治家滥用职权，与罪犯同流合污，卷入一个又一个丑闻当中。每逢您打开报纸，您就会想，您生活于其中的国家，骇人听闻的政治劣迹和丑闻已变成了司空见惯的事情。起先我想，我不激动，因为今天这个国家我们已经完全没法去讨论它的价值了，但是我觉得，现在在这个可怕的，是的，每天都让人惊恐不安的国家忽然不可能不激动了；每逢您早晨打开报纸，您不由自主地就由于我们政治家的劣迹和罪行而激动起来。雷格尔说，您不由自主地就产生这样的印象：所有的政治家都有违法行为，从根本上说他们都是有罪的，是一群猪猡。雷格尔说，所以最近我改掉了我几十年早晨读报的习惯，下午翻翻报纸也就够了。早晨读报者翻开报纸，那么读报者就把胃口毁了，那么一整天，雷格尔说，还加上接下来的夜里，就都没有了胃口，因为他头脑里考虑着那越来越大的政治丑闻，考虑着那越来越卑鄙肮脏的政治勾当。报纸读者多年来在这个国家里读到的都是丑闻，前几页上是政治丑闻，接下来的是其他丑闻，读报者读的只是丑闻，因为奥地利报纸上写的都是丑闻和劣迹，别无其他。奥地利报纸达到如此低劣的程度，本身就是丑闻一桩，雷格尔说，世界上没有哪家报纸比奥地利报纸更低级、更卑劣、更让人厌恶了，奥地利报纸没法不低劣、不糟糕，因为奥地利社会，尤其是政治社会，总之是奥地利这个国家如此低劣和糟糕。雷格尔说，在奥地利还从来不曾有过如此低劣和糟糕的社会，不曾有过如此低劣和糟糕的国家，但是遗憾的是在这个国家和国度里没有人认为这是耻辱，没有人真正地起来反对。雷格尔说，奥地利人总是对一切听之任之，无论是什么，不管卑劣和糟糕严重到多么无以复加的程度。雷格尔说，奥地利人与革命者毫无共同之处，奥地利人不狂热地追求真理，几百年来与谎言为伍，并已形成习惯，雷格尔说，奥地利人几百年来与谎言联姻，与任何一种谎言，但最先、最深的是与国家谎言联姻。奥地利人理所当然地与国家谎言生活在一起，过着低劣、卑鄙的奥地利人的生活，雷格尔说，这一点让人极为反感。所谓和蔼可亲的奥地利人，实际上是老奸巨猾的、机会主义的暗设陷阱者，到处随时设置陷阱的所谓和蔼可亲的奥地利人，是实施卑鄙和无耻行径的大师，在所谓和蔼可亲的外表下面是奸诈、下贱和肆无忌惮，因此也是最虚伪的人。雷格尔说，我这一辈子酷爱读报，现在我几乎不想打开报纸，里边简直除了丑闻还是丑闻。他说，这个印刷、出版报纸的社会与报纸一样。您就是寻找半年，也无法在任何这样一种垃圾报纸中找到一句有思想的话。雷格尔说，我跟您说这个做什么，您对各种奥地利报纸是再熟悉不过了。今天早晨我一觉醒来，想到了部长丑闻，就再也不能把它从头脑中赶走了，这是我头脑的悲剧，雷格尔说，我不能把这些丑闻，尤其是政治丑闻从头脑中赶走，这些丑闻越来越深入地折磨着我的头脑，这的确是悲剧。我想，我必须把所有这些丑闻、这些劣迹从我的头脑中清除，可是这些丑闻和这些劣迹越来越深入地折磨着我的头脑。雷格尔说，如果我与您在一起讨论这一切，也包括这些政治丑闻和劣迹，那自然会让我安心，每天早晨我都在想，我可以在国宾饭店与您讨论，真是太好了，不仅关于丑闻和劣迹，当然还有别的、令人高兴的事情，比如音乐。只要我有兴趣，雷格尔说，谈论《暴风雨奏鸣曲》，或者关于赋格曲艺术，那我就不放弃，我就要活下去。音乐一再将我拯救，事实上音乐仍然活在我心里，音乐就像当初那样活在我心里。雷格尔说，音乐把我每天重新从所有骇人听闻的丑恶和劣迹中拯救出来，他说，音乐每天早晨重新又把我变成一个有思想有感情的人，您明白吗！是的，他说，我们得说，艺术，它没有什么价值，看看这里这些历代大师，随着岁月的流逝，他们当然常使我们越来越深切地感到没有用处，感到他们不过是在进行无助的尝试，希冀在这尘世上以其高超的艺术站稳脚跟，尽管如此，尽管我们有时觉得艺术是多余的，尽管我们对它常出口不逊，但是把我们这样一个人拯救出来的正是这被斥骂和批判的、常常令人厌恶的糟糕的艺术。奥地利人总是一事无成，雷格尔说，而又深知他是这样的人。这是他诸多方面令人讨厌的根本原因，是他性格懦弱的原因，奥地利人突出的特点是性格懦弱。雷格尔说，这同时也使奥地利人比任何其他人更有趣。他说，奥地利人的确是所有欧洲人当中最有意思的人，他具有其他所有欧洲人的一切，另外还有他自己的性格懦弱。雷格尔说，这让奥地利人富有吸引力，在他身上其他欧洲人的特点与生俱来，还要加上他自己的性格懦弱。如果我们一辈子待在奥地利，我们看不到奥地利人的真正模样，可是如果我们比如长时间不在奥地利，像我一样从伦敦回到奥地利，我们就能看得很清楚，他就无法蒙骗我们。奥地利人是天才的蒙骗者，从根本上说他是天才的演员，雷格尔说，他什么都能做出来给你看，但没有一样是真的。这就是最大的特点。奥地利人在全世界受到欢迎，至少直到今天还是这样，全世界格外喜欢他，他是最有意思的欧洲人，然而他同时也总是最危险的人。总的来说，奥地利人很可能是最危险的人，比德国人更危险，比所有其他欧洲人更危险，历史证明，奥地利人毫无疑问是政治上最危险的人，他一再给欧洲，事实上也经常给全世界带来极大的不幸。一个总是卑鄙的纳粹或者愚钝的天主教徒的奥地利人，我们仍可以觉得他与众不同，觉得他有意思，但我们不可以让他执掌政权，雷格尔说，一个奥地利人掌权，必然把一切都推向深渊。雷格尔然后说，一夜没有成眠，这些政治丑闻一再让我极其心悸。是的，今天凌晨我在想。你到艺术史博物馆去见阿茨巴赫尔，向他建议，你知道得很清楚，这建议十分荒唐，但仍然会向他建议。雷格尔说，可笑，然而也是很可怕的。

185

雷格尔在其妻去世后，两个月之久没有离开位于兴格尔大街的他的家，有半年之久没有与任何人会面。在这半年漫长日子里，他让那位粗俗、令人感到十分不舒服的保姆照料，一次也没有像从前那样，我想，与他的妻子几十年里每隔一天就去艺术史博物馆。保姆为他烧饭，为他洗衣服，雷格尔总是说，虽然这女人做事极其马虎草率，但毕竟让我的生活没有完全败落下去。突然变成单身一人，人就容易很快地潦倒、衰落，雷格尔自己说，我牙不好，没有整治，无法吃肉，连蔬菜也不行，好几个月只吃麦糁粥。兴格尔大街的居室寂静、空虚，在雷格尔妻子去世后我在国宾饭店第一次见到他时，他描述他的家时这样说。雷格尔瘦了许多，脸色苍白，几乎整个时间沉默地用双手撑着手杖，鞋带松散着，保暖内裤从裤脚里滑落出来。我们在失去最亲近的人之后根本就不想继续生活下去，当时在国宾饭店雷格尔说，但我们必须继续活着。我们太胆怯了，不会去结束自己的生命，我们在亲人下葬时保证说，我们不久会随之而来，可是半年之后，我们仍然还活着，我们都厌恶我们自己，雷格尔当时在国宾饭店说。他妻子去世时八十七岁，若不是她摔了一跤，她准能活过百岁。维也纳这个城市和奥地利这个国家，以及天主教会，当时雷格尔在国宾饭店说，对妻子的死应负责任，到艺术史博物馆的路是属于维也纳市的，如果维也纳市政部门在通往艺术史博物馆这条路上撒上沙土，那么我的妻子就不会摔倒；如果属于国家的艺术史博物馆不是在半小时之后，而是立即就通知急救中心，那么我的妻子就不会在摔倒后过了一个小时才被送进仁慈兄弟医院；如果属于天主教会的仁慈兄弟医院的外科大夫不把手术做得一塌糊涂，那么我的妻子就不会去世，雷格尔当时在国宾饭店如是说。所以说维也纳市、奥地利国家和天主教会对我妻子的死负有责任，雷格尔在国宾饭店说，我坐在博尔多内展厅的长椅上，坐在他的身旁想。维也纳市政部门在冰天雪地的那天没有向通往艺术史博物馆的路上撒沙土，艺术史博物馆在多次要求后才通知急救中心，仁慈兄弟医院的外科大夫最后做坏了手术，结果我的妻子停止了呼吸，雷格尔在国宾饭店说。只因为维也纳市政部门的漫不经心，我们失去了我们最深切热爱的人，雷格尔当时在国宾饭店说。我们几乎在四十年里无拘无束地与我们尊敬和爱戴的人生活在一起，就因为城市、国家和天主教会的玩忽职守和卑鄙行事，我们失去了最忠实的伴侣。我们唯一的亲人去世了，就因为城市、国家和教会的失职和疏忽大意，雷格尔当时在国宾饭店说。从根本上说我们唯一的亲人扔下我们走了，就因为城市、国家和教会的无动于衷、不负责任，雷格尔当时在国宾饭

187

店说。我们突然与一个确实把一切都给了我们的人分离了，我们的一切从根本上都要归功于这个人，雷格尔当时在国宾饭店说。就因为城市、国家和教会的失职和漫不经心，我们突然失去了这个人孤独地待在家里，这个人几十年的精心呵护使我们得以生存，雷格尔当时在国宾饭店说。我们突然之间站在墓穴旁为一个人下葬，我们从未设想到没有这个人我们还能生存下去，雷格尔当时在国宾饭店说，我想着。我现在就一个人了，而且有生之年就这样孤独一人生活了，维也纳市、奥地利国家以及天主教会对此要负责任，雷格尔当时在国宾饭店说。这个身体一向健康的人，既聪明又拥有女性身上所具备的一切可以设想得到的优点，这个的确是我生活中最可爱的人，离我而去了，就因为维也纳市政部门没有向通往艺术史博物馆的路上撒沙土，就因为属于国家的艺术史博物馆没有及时叫救护车，仁慈兄弟医院的外科大夫手术失败，雷格尔当时在国宾饭店说。如果维也纳市政部门在通往艺术史博物馆的路上撒了沙土，我坚信我的妻子的寿命本来可以超过百岁，雷格尔当时在国宾饭店说。如果艺术史博物馆及时叫了救护车，如果仁慈兄弟医院的大夫手术没有失败，那么我的妻子肯定还活着。在妻子去世后七个月重新又到艺术史博物馆后，雷格尔说，实质上我本来不应该再到艺术史博物馆里来了。现在我的妻子已经死了，通往艺术史博物馆的这条路撒沙土了，雷格尔说。偏偏他们把我妻子送到了仁慈兄弟医院，雷格尔说。我厌恶一切名称上带有仁慈词语的医院，雷格尔说，没有哪个词语比仁慈更被滥用的了，雷格尔说。所谓仁慈医院是我认识的最不仁慈的医院，雷格尔说，除了卑鄙无耻拿上帝作招牌外，充斥在那里的无非是技术低劣、利欲熏心，雷格尔当时在国宾饭店说。现在留给我的只有国宾饭店了，雷格尔当时在国宾饭店说，我在数十年里已经习惯了的这个角落座位。假如我不知道该怎么办了，有两处可以容我躲避，雷格尔当时在国宾饭店说，一处是这里，国宾饭店角落里的座位，另一处是艺术史博物馆里的长椅。但是假如您孤独一人坐在国宾饭店这个角落里，雷格尔当时在国宾饭店说，那是很可怕的。与我妻子一起坐在这里，成了我最得意的一种习惯，不是单独一人在这里，亲爱的阿茨巴赫尔，雷格尔当时在国宾饭店说，在艺术史博物馆一个人坐在博尔多内展厅长椅上也是非常不舒服，三十年来我一直与我妻子一起坐在那里。每逢我走在维也纳大街上，我都一直在想，我妻子的死是维也纳市的过错，是奥地利国家的过错，是天主教会的过错，我可以在这儿由着自己随时随地地走，但无法把这个想法逐出脑外，雷格尔说。集城市、国家和天主教会于一体的庞然大物对我

189

犯下罪行，但我无法反抗，这是十分可怕的，雷格尔说。从根本上说，在我妻子去世的那一刻我也死了。事实上我觉得我自己像个死人，像一个还必须活着的死人。这是我面临的问题，雷格尔当时在国宾饭店说。我的那个家空了，死了，雷格尔当时在国宾饭店多次说。我在这二十年中只到过两次雷格尔在兴格尔大街的家，这座世纪交替年间建造的房子有十至十二个房间，妻子死后现在归雷格尔所有。这栋房子体现着典型的所谓"青年风格"建筑艺术，里边的家具都是原来他妻子家的，各处墙上的确悬挂着许多克利姆特、希勒、格斯特尔[1]和科柯施卡的画，雷格尔有一次说，所有这些画都是我妻子赏识的，可却都让我反感。兴格尔大街这所房子的每个房间都是一位著名的斯洛伐克木器艺术家在世纪交替期间设计建造出来的艺术品，的确如此，我几乎不相信，在维也纳除此之外，还有第二处房子，其中斯洛伐克的木工手艺会如此娴熟，会如此随心所欲圆满实现对质量的高度要求，阿茨巴赫尔。雷格尔自己，他经常说，根本看不上所谓青年风格艺术，他憎恨它，认为整个青年风格艺术不过是堆砌情感，他虽然享受着，如他总说的，他妻子在兴格尔大街这栋住房的舒适，其中十分

---

1 里夏德·格斯特尔（Richard Gerstl，1883—1908），出生于维也纳的画家，作品有《勋伯格一家》《女人与孩子》等。

合理的空间布局，尤其是他宽敞的工作室，可是正如上述他根本不喜欢所谓青年风格艺术，认为是情感堆砌，是低俗的煽情，所以他只欣赏这住房的舒适，我们两个人住在这里的确总感到很理想，而不喜欢里边的设施。当我第一次造访他在兴格尔大街这栋住房时，他妻子到布拉格去了，雷格尔接待我，领我观看了整个房子，这里是我住，他当时说，您看，这里，这些房间很迎合我的需要，但我根本就看不惯里边的那些可怕的、不舒适的家具。所有这一切都适合我妻子的胃口，与我的趣味相左，雷格尔当时说，每当我朝墙上挂着的画看时，他一再只说，喔呀，我想，这是一幅希勒，喔呀，我想这是一幅克利姆特，喔呀，我想这是一幅科柯施卡。世纪交替时期的绘画都是些低俗煽情之作，他多次说，而我的妻子总是很受这些画的吸引，并非真正的着迷，是被其吸引，这是正确的措辞，雷格尔当时说。也许希勒，但不是克利姆特，科柯施卡还行，格斯特尔不成，这是他的看法。当我说到这不就是洛斯[1]的桌子吗，这不就是约瑟夫·霍夫曼[2]的椅子吗，他说，据说是洛斯，

1　阿道夫·洛斯（Adolf Loos, 1870—1933），奥地利建筑师，他的以简单几何图形为特点的设计，对第一次世界大战后的欧洲建筑产生重大影响。

2　约瑟夫·霍夫曼（Josef Hoffmann, 1870—1956），奥地利建筑师，在早期现代建筑发展时期占有重要地位，自1920年任维也纳市建筑师，为维也纳市区设计、规划了很多方案。

据说是霍夫曼，您知道，雷格尔对我说，这些东西总是让我反感，这些现实很流行的东西，洛斯和霍夫曼现在如此时尚，以至于自然让我反感。希勒和克利姆特这些拙劣的煽情者，今天是最流行的艺术家，因此他们从根本上说也最令我反感。今天人们尤其喜欢听韦伯恩、勋伯格和贝尔格，以及其模仿者，再加上马勒，这一切都让我厌恶。一切时尚的东西都让我反感。可能我患有被称为艺术个人主义的毛病，涉及艺术，我想让一切只归我个人所有，我想独自拥有叔本华，我想有我的帕斯卡，我的诺瓦利斯，我深爱着的果戈理，我只想我自己拥有这些艺术作品，这些天才的艺术作品，我想独自拥有米开朗基罗、雷诺阿、戈雅，他说，我几乎不能容忍除我之外还有别的人拥有和享受这些艺术家，这些天才的作品，想到除了我还有第二个人哪怕只欣赏雅那切克[1]、马蒂努[2]，或者叔本华，或者笛卡尔，有这想法我都觉得无法容忍，更别说成为现实了，那是我几乎忍受不住的。我想要成为唯一的，这自然是骇人听闻的观点，雷格尔当时说。我是一个占有思想者，雷格尔当时在他家里说。我乐于相信，戈雅只为我一个人作画，果戈

1　莱奥什·雅那切克（Leoš Janáček, 1854—1928），捷克作曲家，歌剧《耶努发》（原名《养女》）使其获国际声誉。

2　博胡斯拉夫·马蒂努（Bohuslav Martinů, 1890—1959），捷克作曲家，作品有管弦乐《骚动》、歌剧《士兵与舞者》等。

理和歌德只为我一个人写作，巴赫只为我一个人作曲。由于这不过是一厢情愿的妄想，是极端卑鄙的谬论，归根到底我始终是个不幸的人，您肯定明白我的意思，雷格尔当时说。尽管这想法荒唐，雷格尔当时说，每逢我读一本书时，在感觉和理智上我都认为这本书只为我而写，每逢我看一幅画，在感觉和理智上我都认为这幅画是只为我而画的，我听的乐曲也只为我而谱写的。于是我读、听和看当然读、听和看进极大的错误中去，然而却是很大的享受，雷格尔当时说。在这把扶手椅上，雷格尔当时对我说并指给我看一把所谓丑陋的洛斯扶手椅，是洛斯在布鲁塞尔设计的，让人在布鲁塞尔制作的，在三十年前我给我妻子讲解了什么是赋格曲艺术。这把丑陋的洛斯扶手椅仍然放在老地方。这里，在这丑陋的洛斯长椅上，他请我在这把位于朝着兴格尔大街的一扇窗户前的这把丑陋的洛斯长椅上就座，我给我的妻子读维兰德达一年之久，雷格尔说，维兰德在德国文学史上受到不公平的待遇，一直评价不高，当时歌德讨厌他使他离开了魏玛，席勒在这件事情上扮演了不光彩的角色，雷格尔说；一年之后我妻子成为一位维兰德专家，不过一年时间！当时雷格尔感叹道。这里，在这个同样既丑陋又不舒适的板凳上，据说它也是那位令人难以忍受的激情过度的洛斯所设计，我的妻子坐在上面，

193

在一九六六年和一九六七年，每天夜里一点至两点钟给我读了全部的康德。开始时，雷格尔当时说，引导我妻子进入文学、哲学和音乐的世界感到很吃力。很明显，文学离开哲学是不可想象的，反之亦然，哲学离开音乐以及文学离开音乐也是无法想象的，反之亦然，他说，经过数年我妻子才明白这个道理，雷格尔当时在兴格尔大街的住房里说。我认识我妻子时，由于其出身的环境，她已是受过很高程度教育的人，尽管如此我还是得带着她从头开始。开始时我想，共同生活是不可能的，可后来表明还是可能的，雷格尔说，因为我的妻子当然把自己放在次要地位上，这是我们之间共同生活的前提，是我归根结底可以视为颇为理想的共同生活。像我妻子这样一个女人只是在开始的几年里感到这样的培养很难，后来她学习起来就容易了，而且越来越容易，雷格尔说。坐在这条丑陋而又不舒服的洛斯板凳上，我妻子如人们所说的对哲学开了窍，雷格尔当时在兴格尔大街的家里说。多年我们对一个人进行启蒙教育总是走上错误之路，直到我们有一天豁然开朗看到了正确途径，从那时起一切就顺利、快捷了，从那时起我妻子很快地理解了一切，自然我本来还可以多年，甚至几十年继续培养她。雷格尔当时在兴格尔大街的家里说。我们娶一个女人，并不知道我们为什么娶她，不仅仅让她以女人特有的方式，比如操持家务中的过分讲究来烦我们，雷格尔当时在兴格尔大街的家里说，我们娶她，是因为我们想让她知道生活的真正价值，让她明白，如果由精神来引导，那生活可能会怎样。自然我们不可以错误地，像我开始所尝试的那样，强行把精神灌输到她的头脑中去，这样做当然非失败不可，为达到目的也需要谨慎和周到，雷格尔当时在兴格尔大街的家中说。在我认识我妻子以前她所喜欢的一切，在我对她进行启蒙培养之后就不再喜欢了，只剩下对所谓的青年风格艺术的歇斯底里的狂热，这哪里是艺术，这完全是令人厌恶的低俗煽情和让人反感的审美混乱；对此我一筹莫展。但是我自然逐渐地让她离开了虚假的、无价值的文学，虚假的、无价值的音乐，雷格尔说，我让她了解了世界哲学的核心部分。女人的头脑是最难以驾驭的了，雷格尔当时在兴格尔大街他家中说，我们以为是可以进入的，而其实是难以接近的。我妻子在与我结婚前非常喜欢旅行，雷格尔当时说，后来才逐渐地失去了兴趣。那时她是旅行狂，今天到这儿，明天去那儿，这是他们的口号，实际上他们什么也没有真正经历，什么也没有看到，带回家的只是空空的钱包。在我们结婚后她不再外出旅行了，雷格尔说，只和我做精神旅行，我们到叔本华那里去旅行，到尼采那里去旅行，到尼采和笛卡尔那里，到蒙田和帕斯卡那里，而且总是为期数年，雷格尔说。这里，请您看，雷格尔当时在兴格尔大街他家中说，边说边坐到丑陋的奥托·瓦格纳[1]扶手椅里，就是坐在这丑陋的奥托·瓦格纳扶手椅里我妻子向我承认，虽然我给她上了一年的课讲施莱尔马赫[2]，她仍然不懂施莱尔马赫。她听我讲施莱尔马赫课的情形，使我逐渐地对施莱尔马赫也感到疏远了，到后来我突然对这位哲学家一点兴致也没有了，当我完全注意到她始终没有明白施莱尔马赫时，我也就不再在这位哲学家身上下功夫了；我们不得不将我妻子弄不明白的这位哲学家，即这样一位迷雾制造者，毫无顾忌地，如人们所说的，让他坐上冷板凳，我们则继续前进。我立刻换上另一个题目，开始讲赫尔德[3]，这回我们俩都觉得这样做是休息，是恢复精神，雷格尔当时在兴格尔大街他家中说。妻子去世后我曾想我将搬出我们俩共同的居室，但我到头来并没有搬迁出去，搬不动家了。迁徙对我来说已力不从心了，雷格尔说。两个房间就够用了，雷格尔说，但假如不搬出去，我们就不得不住着有十至十二个房间的房子里。

1　奥托·瓦格纳（Otto Wagner, 1841—1918），奥地利建筑师，欧洲现代建筑运动的创始人，设计作品有维也纳邮政储蓄银行、运河餐厅等。

2　弗里德里希·施莱尔马赫（Friedrich Schleiermacher, 1768—1834），德国哲学教授，神学家。Schleiermacher意思是"面纱"，或者"迷雾制造者"。

3　约翰·戈特弗里德·赫尔德（Johann Gottfried Herder, 1744—1803），狂飙突进运动时期德国文艺理论家、作家，著有《关于近代德国文学的断片》《批评之林》等。

这个家中的一切都让我想起我妻子，雷格尔说，不管往哪里看，总是看见她站在这里，坐在那里，从这个或那个房间里出来朝我面前走过来，既恐怖又撕心裂肺的痛苦，的确感到撕心裂肺的痛苦。想当初，我第一次到兴格尔大街雷格尔家，他妻子还活着，他曾边往兴格尔大街下边看，边对我说，您知道，阿茨巴赫尔，我最担心害怕的是什么吗？那就是我妻子突然把我扔下，剩下我孤独一人，我遭遇的最可怕的事情就是我妻子死了，撇下我自己。但我妻子身体健康，肯定会比我寿命长许多年，当时雷格尔说。如果我们深深地爱着像我妻子这样的一个人，我们就无法设想她会死去，我们甚至连有这样的想法都无法忍受，雷格尔当时说。我第二次到他在兴格尔大街的家里，是去取他为我以优惠价购买的旧版斯宾诺莎，不是在某家书店，而是通过一位地下书商，我一到雷格尔家，他就让我在就近的一把扶手椅里坐下，这也是一把丑陋的洛斯扶手椅，他本人走进他的图书室，随后拿着一本诺瓦利斯语句摘抄出来。我现在利用一小时给您读一下诺瓦利斯语句摘抄，他对我说，于是我坐在那把丑陋的洛斯扶手椅里，他则站着给我读，的确读了一个小时。我一开始就喜欢诺瓦利斯，他读了一小时，把书合上后说，我今天仍然一如既往地喜欢他。诺瓦利斯是一位我一生唯一一个无时无刻不强烈地爱着的作家。所有其他作家随着时间的流逝便显示出荒唐和没有意义，或者像经常遇到的那样，归根到底是渺小的和没有用处的。诺瓦利斯绝对不是这样。我从不相信我会喜欢一位同时也是哲学家的作家，可我偏偏喜欢诺瓦利斯，我永远喜欢他，就是将来我也会以我曾对他的强烈的爱而始终不渝地热爱他，雷格尔当时说。所有的哲学家都会逐渐地衰老，唯独诺瓦利斯没有，雷格尔当时说。可是我妻子对诺瓦利斯就一点兴趣也没有，甚至于一点喜欢的意思都没有，而我却总是热烈地爱着他，这的确透着新鲜。随着时间的推移我能说服我妻子要去做许多事情，唯独说服不了她去喜爱诺瓦利斯，他说，尽管这诺瓦利斯她应该特别喜欢。开始时她拒绝与我一起去艺术史博物馆，雷格尔现在说，她拼命反对这样做，然而后来还是同意与我到那儿去，我坚信，如果她寿命比我长，不是像现在这样我比她寿命长，那么她一定会同样有规律地，就像我没有她自己也会去艺术史博物馆一样，没有我一个人又去艺术史博物馆。雷格尔现在又朝《白胡子男人》看并说道：战后四十年了。奥地利又到了其道德最黑暗的低点，这真让人失望。一个美丽的国家，雷格尔说，却深陷在道德泥潭中，他说，一个如此美丽的国家，一个如此残暴和卑鄙的、自我毁灭的社会。可怕的是，在这灾难面前人们只是一个感到委屈的旁观者，而不能做任何反抗，雷格尔说。他朝《白胡子男人》观看并说：我每隔一天就去我妻子的坟墓，就是说每当我不去艺术史博物馆那天，我就去我妻子的墓地，站在她墓旁待半个小时，脑子里一片空白。这着实很奇怪，我整个时间在某种程度上总是在思念我妻子，可当我站在她墓旁，却对她没有任何感觉。我站在那儿，的确感觉不到什么与她有关的事情。每当我离开她的墓，我才又感到那可怕的事实，她撇下我一个人走了。我总以为，我到她的墓前，为了离她更近，但是每当我站在她的墓旁，却没有任何与她有关的感觉。于是我去拔那里长出的草，看着地上，心里什么感觉也没有。但是我已习以为常，每隔一天就去妻子墓前，有一天这里也是我的坟墓，雷格尔说。每当我想起与她的葬礼有关的可恶的一切，他说，我至今仍觉得非常气愤。印刷所总是把我委托给他们印的讣告印错，一次字体太粗，一次字体太细，一回逗号点多了，一回逗号点少了，他说，每当我要他们把清样给我看时，上面都是一大堆错误，简直让人发疯。我几乎绝望地对印刷工说，我给你们的底稿是很清楚的，可是做出来的样张怎么就不按照我的底稿呢，总是错误连篇。印刷工对我说，他知道应该怎样印这样的讣告，不是我，而是他知道怎样排字，不是我，而是他知道逗号在什么地方，不是我。但

199

是我仍然不屈不挠，最终拿到了正是我想要的那样的讣告；我跑了五趟印刷所，雷格尔说，印刷工是些自以为是的人，即使他们早就认识到了他们没有道理，仍然总是坚持他们是对的。与这些印刷工您可不要争吵，雷格尔说，他们顽固得很，您要不顺从他们，他们立刻会充满敌意，威胁您说，不管您的事了。可是我从来不怵他们，雷格尔说。在讣告上只有一句话，只有我妻子去世的地点和时间，可是我得跑上五趟，还得跟他们较真。我妻子本来不想要印什么讣告，是我跟她商量这么办的，我让人印制讣告，雷格尔说，但是最终并没有往外寄出一份，当我正想寄出时突然觉得寄讣告没有什么意义。最后只在报纸上登了一句简短的话，说我妻子去世了，仅此而已，雷格尔说。一个人死了，别的人会大操大办，我把一切尽可能简单化，雷格尔说，我今天自然不知道，我这样做是否对头，好长时间我对此一直心生怀疑，自我妻子去世每天都心生怀疑，没有一天不这样，这逐渐让我觉得很累心，雷格尔说。关于遗产处理没有丝毫困难，她在遗嘱中将我定为单独继承人，我也已经在我的遗嘱中将她作为单独继承人。这样一桩死亡事件，虽然令人非常痛苦，的确相信要哀伤得窒息，但也有其可笑的一面，雷格尔说。可怕的事情也总是可笑的，雷格尔说。实质上，我妻子的葬礼不仅仅很简单，而且确实令人抑郁，雷格尔说。我们打算举行小型的，尽量邀请少数人参加，他说，结果确实是一个令人抑郁的葬礼，比如说没有音乐，没有讲话，我们想，最简单的葬礼，这样也就最容易坚持得住，然而确实让我们抑郁，雷格尔说。只有七八个人。确实都是最亲近的人，我们想，尽可能不让亲戚都来参加，只有最亲近的人，来的确实是最亲近的人，我们事先也向他们交代了，不要带鲜花，什么也不带，然而一切的确让人感到很抑郁。葬礼进行得很快，持续了不到三刻钟，气氛很抑郁，我们以为过了好长时间，雷格尔说。我每逢到妻子的坟墓旁，心里空荡荡的。在家里直到今天每天至少大哭一次，他说，不管您相信与否，但到了妻子墓旁我却什么感觉也没有。我站在那里，拔那些长高的草，做这些神经质的、可笑的拔草动作，我知道我这样做只不过为了满足一种病态的精神需求，我朝四下那些形式很俗气的坟墓看去，一个比一个俗气，雷格尔说。在公墓里，我们能看到人们极其低俗的审美趣味，给人的打击非常残酷。在我们的坟墓上只长着草，墓碑上没有名字，雷格尔说，我和我妻子商量好了的，没有格言、话语，什么都没有。石匠们让公墓变得丑陋，所谓的造型艺术家更让它们低俗得无以复加，雷格尔说。但是您从我妻子的坟墓这里自然能看到很好的风景，可以看到朝格林卿以及后

201

边的卡伦山。还可以往下看到多瑙河。坟墓的位置很高，您从那里可以看到下边的维也纳城。人死了埋在哪里肯定无所谓的，但是如果他在公墓有一块永久性的墓地，像我和我的妻子这样，那么他也应该下葬在他的坟墓里。哪一座公墓都行，我就是不想埋在中央公墓，我妻子经常这样说，雷格尔说，我自己也是一样，不愿意埋在中央公墓，虽说归根到底，如上面所说，埋在什么地方是无所谓的。我那在雷欧本的侄子，是我现在唯一的亲戚了，雷格尔说，他知道我不愿意死后埋在中央公墓，而是埋在我私人所有可以长久使用的一处墓地，雷格尔说，但如果我在距维也纳三百公里直径以外去世了，自然是就地安葬了，在三百公里直径以内，就埋在维也纳，否则就地下葬，我对雷欧本的侄子交代过；他会按着我的话去做，他是我的继承人，雷格尔说。他边看着《白胡子男人》边说：一年前，我妻子去世前不久，我还愿意在维也纳转上几个小时，现在我可没有这份雅兴了。妻子的死使我身体变得虚弱了，我不再是她去世前的那个我了，他说，维也纳也变得丑陋了。在冬天我想，春天将拯救我，到了春天我想夏天会拯救我，在夏天我又想秋天，在秋天，冬天，总是这样希望下去。这自然是令人不快的性格，这是我天生就有的性格，我不说，多好啊，是冬天了，冬天正好适合你，就像我不说，

202

春天，这正好适合你，像我不说秋天，它正好适合你，夏天，如此等等。我总是把不幸推到我得在其中生活的季节，这就是不幸。我不属于那些享受现实的人，就是这样，我属于那些享受过去的不幸的人们，这是事实，总觉得现在是侮辱，这是事实，雷格尔说，我觉得现实是侮辱是难以忍受的，这是我的不幸。当然话又说回来，现实也并非完全如此，雷格尔说，我还是总能够看到现实的实在样子，它当然不总是不幸的，不总是让人不幸，这我知道，如同过去也不是，如果我们想到它，总让人感到幸福，这我知道。我没有可以信任的医生，这种情形也是一大不幸，我的一生中与许多医生打过交道，说到底没有一个值得我信任，最终他们所有人都让我失望了，雷格尔说。我感到十分疲惫，随时都感到要崩溃。每当我说，我中风了，我确实以为我中风了，尽管我说这说了上千遍，雷格尔说，说得我自己都心烦了，我每时每刻都说我中风了，但我并没有患中风，雷格尔说。当着您的面我也经常说，我想我会中风，但是我的确没有中风，我这样说绝不是因为习惯成自然，而是因为我的确感到我会患中风。说到我的身体，雷格尔说我身上已没有什么是正常的了。我要是有个好大夫该多好，但我没有。在兴格尔大街我本来可以有四位普通医生，两位内科医生，可是所有这些大夫都不值一提。

我的眼睛坏了，恐怕不久就失明了，但我没有好的眼科大夫。我害怕医生会证实我的推测：我已病入膏肓，自然我就不去找医生看病了。雷格尔说，多年来我就患有重病，我总是对妻子这样讲，我敢肯定我将死在妻子前面，然而，由于上述那可怕的一切她却先我而亡；我这一生一直怕看大夫，一位好医生是我们能拥有的一切当中最好的、最可宝贵的，雷格尔说，但几乎没有谁能有一位好大夫，我们总是与一些半瓶子醋医生或者江湖郎中打交道，他说，每逢我们以为，现在我可找到了一位好大夫，结果这大夫不是太老就是太年轻，不是只懂一点最新的医学但没有经验，就是他有经验但不懂最新的医学，就是这样。一个人急需一个治疗身体疾患的大夫和一个治疗心灵方面疾患的大夫，两者他都找不到，一辈子都在寻找这两种大夫，但他找不到，没有他所需要的这两种大夫，这是事实。您知道，当我质问仁慈兄弟医院的医生，斥责他们对我妻子的死负有责任，应受到良心谴责，您猜他们对我说什么？他们说，钟的发条走完了，他们就说给我这么一句平淡的话，不仅做坏了手术的那位大夫这样说，仁慈兄弟医院所有大夫都这样说，钟的发条走完了，钟的发条走完了，钟的发条走完了，他们一再这样说，似乎这句话是他们的标准用语，雷格尔说。假如我们有一位我们可以信赖的大夫，在其照看下我们可以感到很安全，雷格尔说，那么我们就解决了老年生活中最重要的问题，但是这样的大夫我们没有。现在我也不再寻找这样的大夫了，什么时候死我已无所谓了，我觉得什么时候都可以，但如大家一样，我也想尽量死得快而没有痛苦。我妻子只有几天很痛苦，雷格尔说，有几天深度昏迷。人们要求给死者穿寿衣，而我只让人用一条新床单把她围裹起来。市府负责管理丧葬的那位事情干得很漂亮。一切与葬礼有关的事情都自己去做当然很好，这样我们就没有时间坐在家里等待，等得人在绝望中窒息。为办理丧葬我在维也纳东奔西走了八天，一个一个机关去跑，再次亲身经历官僚机构的残忍无道，雷格尔说。在维也纳办理丧葬要跑的机关位置很分散，整整用了一个星期的时间，才跑遍这些部门，办理完所必需的各种手续。到每一个部门我总是说，我只想为我妻子办一个简单的葬礼，可人家不理解，据我所知其他人都总是要大操大办。费了九牛二虎之力最后才如愿以偿举行了最简单的葬礼，雷格尔说。只有市府那位负责管理丧葬事项的官员理解了我的意思，是唯一一个正确理解我意思的人，我说想要办简单的葬礼，并不是像其他人都以为的那样要廉价的葬礼，而是简单的，其他所有人总以为，我说要简单的是想要廉价的葬礼，只有韦灵街市府那位官员立即明白了我说要简单的，就是简单的，而不是廉价的。人们总是不相信，您说在各政府部门办公的这些人多蠢呀。雷格尔说，我曾不相信我还能看到今年冬天，更不要说活过这个冬天了，他现在说，事实上，整个这一年我的生活里没有任何兴趣了，除了因工作关系去听音乐会，还有为《泰晤士报》写文章，自从妻子去世就再也没有另外什么让我感兴趣的了；事实上，没有任何人，包括您在内，雷格尔说，让我感兴趣，几个月之久我几乎都把您给忘记了。我几乎什么也不读，不出家门，只去听音乐会，恰恰在过去这一年所有的音乐会都不值得去听，与此相应我为《泰晤士报》写的那些短文也没价值。我有时自问，我到底为什么还总是在维也纳为《泰晤士报》写东西，这缺乏精神的维也纳在音乐方面也正衰落得令人吃惊，无论在音乐厅还是在音乐协会都没有具有特色的演出，维也纳的音乐会早就丧失了卓尔不群的创新精神，您在这里听到的，雷格尔说，您可能以前早就在汉堡，或者在苏黎世，或者在丁克尔斯比尔听到过。我写东西的兴趣很大，可是维也纳音乐会上的东西越来越不值得去写。我曾经是狂热的音乐会听众，已经很久不再是这样了，他说，不错，我仍然为音乐发狂，但不再是音乐会的狂热听众了，到音乐协会，或者到音乐厅，我越来越感到吃力了，步行不容易到那里去了，我不乘出租车，从兴格尔大街也没有电车通向那里。最近以来，雷格尔说，不论音乐厅的听众还是音乐协会的听众，其审美趣味都是平庸的狭隘的，不能不说观众的审美感觉迟钝了，许多年来审美水准降低了，内行的真知灼见很少见了，岂不让人惋惜？像乔治·伦敦那样顶尖的歌唱演员在歌剧院唱《唐璜》，或者屠夫之女利普演唱《夜之女王》的时代已经一去不复返了，六十岁的梅纽因在音乐厅、五十岁的卡拉扬在音乐协会执棒指挥的时代也成为历史了。我们现在只能听到那些平庸的人、那些没有价值的人的音乐。那些偶像，那些最优秀者、最完美者、最权威者已经衰老，已经没有权威了，雷格尔说。值得注意的是今天这一代人对音乐已经不再像十五和二十年前有那么高的要求了。原因是今天由于技术的发展听音乐已成为平淡的日常活动。听音乐不再是异乎寻常的事情了，今天不管您在什么地方，到处您都可以听到音乐，在每家商店，在每个医生的诊所里，在每条大街上您简直是被迫非听不可，您今天简直无法摆脱音乐了，您想逃避音乐，但您逃避不了，这个时代完全为音乐所伴随，雷格尔说，这是灾难。今天全面音乐时代开始了，在北极和南极之间您到处都得听音乐，无论在城市还是乡村，在海上还是在荒漠，雷格尔说。人们日复一日被音乐塞满，以至于他们早就失去了对音乐的感觉。这可怕的景象自然也影响着您今天听的音乐会，没有什么不同寻常的音乐了，因为整个世界上的音乐都是不同寻常，在一切都异乎寻常的地方当然也就不再有异乎寻常了，雷格尔说，如果仍然还有几个可笑的技艺高超者竭力要异乎寻常，那简直令人感动，因为他们无法做到。这个世界上音乐无所不在，雷格尔说，这是不幸，在每一个街角您都听到异乎寻常的、完美的音乐，以至于您早就得堵住所有的听觉通道，否则就要发疯。今天的人患有病态的消费病，雷格尔说，除此以外他们一无所有，今天控制人们的工业如此推进音乐消费，直至把所有的人都毁掉；人们今天经常谈论垃圾，谈论毁掉一切的化学，然而音乐在这方面比垃圾和化学有过之而无不及，我跟您讲，最终音乐会把一切全面毁掉。首先音乐工业将把人的听觉通道毁坏，然后顺理成章地把人毁掉，这就是事实，雷格尔说，我已经看到了被音乐工业毁掉的人，这大批音乐工业的牺牲品最终会让地球笼罩着他们那尸体散发的音乐般的臭气，我亲爱的阿茨巴赫尔，音乐工业有朝一日将愧对人们，最终很可能愧对整个人类，不仅化学，不仅垃圾，我对您讲。音乐工业是人的谋害者，音乐工业是真正的人类屠杀者，如果音乐工业像至今所做的那样继续发展下去，那么要不了几十年人类就没戏了，我亲爱的阿茨巴赫尔，雷格尔说。拥有敏锐听觉的人不久就不可能到大街上去了；您到一家咖啡馆，到一家饭馆，去一家商店，不管您愿意与否，您到处都不得不听音乐，您乘火车也好，坐飞机也罢，音乐将跟在您后边紧追不舍。这样无休无止的音乐是最残暴的，现时代人类必须忍受这种残暴，雷格尔说。人们从清晨到深夜听觉器官里充斥着莫扎特和贝多芬、巴赫和亨德尔，雷格尔说，您可以想到哪儿就去哪儿，但是您逃脱不了音乐的折磨。在艺术史博物馆里还没有也得无休无止地听音乐，这可算是奇迹了，这里没有音乐多让人扫兴啊。在安葬了我妻子后六个星期我在兴格尔大街闭门不出，雷格尔说，甚至也把保姆拒之门外。在葬礼后他直接去了附近的神庙，点燃了一支蜡烛，并不知道到底为什么要这样做，奇怪的是他从神庙出来后又径直走进斯特凡大教堂，不知道到底为了什么也在那里点燃了一支蜡烛。他在这里点燃了蜡烛之后，顺着沃尔策勒街走了一段，考虑着要结束自己的生命。可是我不知道具体应怎样做，最后我放弃结束自己生命的想法，至少短时间里不会这样做了，雷格尔对我说。几天或者也许几周在城里逛荡，或者把自己几周时间关在家里，雷格尔对我说，我可以在两者中间选择，我选择了后者，几周之内闭门不出。安葬了妻子后，他不想见任何一个人，开始时也不想吃任何东西，但每天只喝纯净水，最多也只能坚持三四天，他的确很快就消瘦下来，早晨甚至没有力气起床，雷格尔对我说，这是告急信号，我又开始吃东西了，然后又开始读叔本华，当我妻子在我身后摔倒，把所谓股骨颈摔断了的时候，我和我妻子正好在研究叔本华，雷格尔沉思着说。在这六周里我紧闭门户，只与我的财产经管人通了几次电话，剩下的时间就是读叔本华，这可能拯救了我，雷格尔说，尽管我不肯定我是否应该得救，很可能，他说，如果我没有得救而是把自己结束掉会更好些。仅仅因为我到处跑办理与丧葬有关的手续，根本就没有时间去结果自己。如果我们不马上结果自己，我们就没法再结束自己的生命了，这是很可怕的事情，他说。我们要求与我们亲爱的人一样去死，但我们结果不了自己，我们这样想可是不去这样做，雷格尔说。值得注意的是在这六周时间里我无法忍受无论什么音乐，我从未坐到钢琴前，有一回曾想象着尝试弹一段巴赫的《平均律钢琴曲》，可是马上又放弃了这种尝试，不是音乐在这六周里拯救了我，而是叔本华，总是读上几行叔本华，雷格尔说。也不是尼采，只有叔本华。我在床上坐起来，读上几行叔本华，思索片刻，又读几句叔本华，然后再思索，雷格尔说。在只喝水和只读叔本华度过四天之后，我第一次吃了一块面包，面包已变得坚硬，我得用一把剁肉刀，从整个面包上砍下一块。我坐到朝兴格尔大街的窗户旁的椅子上，这把丑陋的洛斯扶手椅，向窗下的兴格尔大街眺望，您想想看，五月底了，外面飘着大雪，他说。我怕见到人。我从窗户朝下看见大街上人来人往，满载着衣物和食品，望着他们我觉得恶心。我想，我不想回到这些人中间，不回到这些人那里，又不存在其他的人，他说。在往下看时我意识到，不存在与下边兴格尔大街上来来往往的这些人不同的另外的人。我往下边看，憎恨兴格尔大街上这些人，我想我不要再回到这些人那里，他说。我不想再回到卑鄙和可怜中去，我心里说，雷格尔说。我从几个抽屉柜里拉出一些抽屉，把我妻子的一些照片和文稿拿出来放到桌子上，仔细地看着，亲爱的阿茨巴赫尔，我是一个诚实的人，我得说，我边看边哭。我突然毫无拘束地、尽情地哭了起来，几十年我没有哭了，现在我突然尽情地哭了，他说。我坐在那里任凭我的眼泪流淌，我哭啊，哭啊，哭啊，哭啊，他说。几十年没有哭过了，自童年起就没有再哭，现在我突然尽情地哭起来，他在国宾饭店对我说。我什么也不掩盖，什么也不隐瞒，他说，八十二岁的人了，没有什么要掩盖和隐瞒的了，他说，因此我也不隐瞒，我突然痛快地哭了起来，连续好几天哭个没完，他说。我坐在那里，看着她写给我的那些信，那些她多年做的笔记，痛苦不已。

211

在几十年的时间里我们自然而然习惯了与一个人相处，几十年爱这个人，最终爱她爱得胜过一切，与她链接在了一起，一旦我们失去了这个人，的确仿佛失去了一切。我一向总以为，音乐是我的一切，有时候觉得哲学也是如此，那崇高的、最崇高的写作也是如此，总而言之，艺术是我的一切，然而所有这一切，整个艺术，无论称作什么吧，与我们这唯一亲爱的人相比也都毫无意义。我们如何伤害了我们唯一亲爱的人呀，他说，我们如何把这可爱的人推进成千上万的痛苦中去呀，我们如何折磨了我们深爱着的这个人呀，我们爱他胜过爱任何其他人，雷格尔说。如果在这个世界上我们最最爱着的这个人去世了，会让我们良心上承载着可怕的内疚，雷格尔说，让我们不得不怀着深深的可怕的内疚在他死后还活在这个世上，有朝一日被这深重的可怕内疚而窒息，他说。所有我一生中收藏的并带到兴格尔大街的家中来的、满满地放在这些书架上的书，归根到底没有什么用处，我妻子离我而去，剩下我孤独一人，所有这些书籍和文章都是可笑的。我们以为我们可以抱紧莎士比亚或者康德，但这是荒谬的见解，莎士比亚和康德，以及一切我们在生命的过程中树立起来的所谓大师，恰好在我们最需要他们的时刻将我们丢下不管，雷格尔说，对我们来说，他们没有帮助解脱，他们没有给我们宽慰，他们只是让我们忽然觉得恶心和陌生，一切这些所谓大师和巨匠所思考的然后著述下来的都让我们无动于衷，雷格尔说。我们总以为，在决定性时刻，在我们生命的关键时刻我们始终能够依靠这些所谓大师和巨匠，我们错了，正是在我们生命的关键时刻，我们被这些巨匠和大师，被这些如人们常说的不朽人物抛弃，他们在我们生命的关键时刻给予我们的仅仅是，让我们就是在他们中间也是孤独的，让我们把我们自己交出去听凭命运残酷的摆布，雷格尔说。仅仅只有一个人帮助了我，那就是叔本华，雷格尔在国宾饭店对我说，因为我直截了当只为了生存下去而滥用了他。包括歌德、莎士比亚和康德等所有其他人都让我恶心，于是我绝望地直接冲向叔本华，与他一起坐在面朝兴格尔大街的窗户旁，坐在那丑陋的洛斯扶手椅上，为了能活下去，我忽然想活下去，不去死，不跟随妻子死去，而是活下去，留在这个世界上，您听见我说的话了吗，阿茨巴赫尔？雷格尔在国宾饭店说，当然我所以能以读叔本华获得生存下去的机会，因为我为我的目的滥用他，的确以卑鄙的方式歪曲了他，雷格尔说，我把他完全作为我活命的药，事实上他与那些我上面提到的大师一样并非让我生存下去的灵丹妙药。我们一辈子依靠那些伟大人物，依靠所谓历代大师，雷格尔说，结果大失所望，他们在您生命的决定性时刻没有起到任何作用。我们收集伟大人物、历代大师，以为在决定性的生死存亡的关键时刻能够把他们派上用场，这也可以说就是为我们的目的滥用他们，事实证明我们的想法错了。我们用这些伟大人物和这些历代大师装满我们的精神保险箱，在生命的决定性时刻我们寻找他们的帮助，但当我们打开这精神保险箱，它空空如也，这是事实，我们站在空空的保险箱前看到我们如何孤单，如何确实一贫如洗，雷格尔说。人们一辈子在各个领域进行收集，最终仍是孤家寡人，孑然一身，雷格尔说，其精神财富方面也是如此。我收集了多少精神财富啊，雷格尔在国宾饭店说，结果还是空空如也。只是通过狡猾的伎俩我才能利用叔本华作为我生存下去的手段，雷格尔说。突然之间您懂得了什么是空空如也，您站在成千上万册书籍文章中间，它们完全抛弃了您，让您变成孤家寡人，它们突然变成了您周围这可怕的一片空虚，雷格尔说。假如您失去了最亲近的人，那么一切对您来说无不空虚，您可以随意往哪儿看，一切都是空虚，您到处望啊望啊，看见的一切确实皆为空虚，而且是永远的空虚，雷格尔说。您于是认识到，不是这些伟大人物，不是这些历代大师让您几十年维持生命，而是唯一的、您最爱的人。您有了这样的认识，在这样的认识中您就形影相吊，没有什么和谁能帮助您，雷格尔说。

您闭门不出，陷入绝望之中，雷格尔说，您日益绝望，您每周都更加深陷绝望，雷格尔说，但忽然您从绝望中走出来。您站立起来，从这致命的绝望中走出，您尚拥有力量从这深沉的绝望中挣脱出来，雷格尔说，我忽然从朝兴格尔大街这边的扶手椅上站起来，从绝望中走出来，往兴格尔大街走去，雷格尔说，朝城内走了几百米；我从朝兴格尔大街这边的扶手椅上起来，走出家门，边朝内城走边想，现在只做唯一的一次尝试，一次生存下去的尝试，雷格尔说。我从兴格尔大街家里出来，心想，我再做唯一一次尝试，一次生存下去的尝试，怀有这样的想法朝内城走去，雷格尔说。这次生存下去的尝试成功了，很可能我在关键的、可能是最后的时刻从朝兴格尔大街这边的扶手椅上起来，走出家门来到兴格尔大街并走进城里，雷格尔说。然后我自然又回到家里，遭受一个又一个挫折，您可以想象到，这次生存下去的尝试不是唯一的一次，我还要做几百次这样的让我能生存下去的尝试，我一再这样做，从朝兴格尔大街这边的扶手椅上站起来，走到大街上去，确实来到人们中间，到这些人们中间去，最终使我得以拯救，雷格尔说。自然我问自己，我拯救了我自己，我这样做对吗？是否做错了？但是这已经是不相干的事情了，雷格尔说。我们迫切地想要随之而死去，然后则又不想这样做，

215

雷格尔说，我生活在这样绝望的折磨中，您要知道，至今已经一年多了。我们憎恨人，然而又想与他们在一起，我们只有同他们在一起，在他们中间才有生存下去的机会，才不会变得发疯。形影相吊的状态我们坚持不了多久，雷格尔说，我们以为我们可以孤独一人生活，我们以为，我们可以离群索居，我们劝慰自己可以单独一人生活下去，雷格尔说，然而这都是梦幻。我们以为不与人交往没有关系，我们甚至以为，一个人没有我们也能生存，这都是幻想，我们只与我们自己在一起才有机会，只与自己孤独一人，这是异想天开。没有他人我们一点生存下去的机会都不会有，雷格尔说，不管我们能有多少伟大人物、能够有多少历代大师作为伙伴，他们都代替不了人，雷格尔说，最终我们会被尤其是这些所谓伟大人物，被这些历代大师抛弃，我们看到，我们受到这些伟大人物和历代大师的最卑劣的讥讽，我们发现，其实我们与所有这些伟大人物和历代大师始终只存在于一种讥讽的关系中。开始他在兴格尔大街的家中，如上所述，只吃面包，喝水，然后在第八天或第九天，吃一点罐头肉，他自己在厨房里将肉上锅加热，将李子干放在上面，待肉和李子干松软后，跟热水泡面一起吃，每一次吃完了他都觉得胃不舒服。在第八天或者第九天，他终于又吩咐保姆到家里来，派她去对面的皇

216

家饭店订餐。我像一条狗一样坐在那儿吃着，雷格尔说。他说与皇家饭店订了很有利的协议，饭店从五月底起每天供应我汤和主菜，装在专门为此购置的铝饭盒里，由我们总是叫她施苔拉的保姆去取，尽管她以前的名字叫罗莎！雷格尔说，我总是让订两份，雷格尔在国宾饭店说，我吃半份，那一份半给保姆吃，雷格尔说。我吃皇家饭店的饭总有点反感，但我还是坚持吃，我别无选择，我吃它是因为不得不吃，雷格尔说，但看着面前的保姆，她在吃饭时自然坐在我对面，已经让我对吃饭感到不舒服了，我对这位保姆从来没好感，她其实一直是我妻子的保姆，要是我决不会雇佣这么一个人，雷格尔说，这个愚笨的、装模作样的人，她的确坐在我对面吃下了皇家饭店做的一份半餐饭，而我自己只吃了半份。我们容忍保姆是没有办法的事，没有保姆家里会脏得一塌糊涂，雷格尔在国宾饭店说，但保姆们在某种程度上总是令人讨厌的。我们没有保姆不行，雷格尔说。她每次从皇家饭店回来拿着的是她想要吃的，是她为她自己挑选的，不是拿过来我觉得好吃的饭菜。她最喜欢吃猪肉，总带回来猪肉，若问我的话我爱吃牛肉，雷格尔。我一向是食牛肉者，保姆们一概都是食猪肉者。在妻子去世后，在葬礼后，雷格尔说，保姆立刻提请我注意，说我妻子答应把这个和那个留给她了，雷格尔说，尽管我知道我妻子在去世前什么也没有说要给保姆，因为我妻子从来未想到她会那么快就死，她未和任何人谈关于遗产和遗赠问题，连与我也没有谈，更不用说与保姆谈了。这保姆在葬礼后立即到我这里来跟我说，我妻子把这个、那个，把衣服、鞋、餐具、布料等遗赠给她了。雷格尔在国宾饭店说，保姆们这样做一点都不脸红。她们要起东西来没有一点廉耻。人们到处并且一再称赞保姆，实际上他们清楚，今天的保姆根本就不值得夸奖，今天的保姆令人生厌，总张嘴跟你要这个要那个，做起活来可是草率马虎，但是人们就是虚伪，说保姆们值得人称赞，其实是因为他们依赖保姆，雷格尔在国宾饭店说。我妻子哪怕片刻也不会想到要把什么遗赠给保姆，我妻子在她去世两天前甚至都没有预感到她会不久于人世，她怎么可能答应保姆赠给她什么东西呢？雷格尔说。她撒谎，我想，跟我提什么我妻子答应把各种东西赠给她了，参加葬礼的人还没有完全离开公墓，她就站在我面前说，我妻子答应给她这个和那个。对这些人我们一再持保护的态度，因为我们不能相信，也根本不想相信，她们如此卑劣，直到我们一再亲身经历她们的卑劣如何超出我们想象。我还站在妻子的墓旁，保姆就好几次说到炒锅，雷格尔说，您想象一下，她一再提起炒锅，而我当时还站在没有填埋的墓旁。说我妻子答应过给她好多物件，这无耻的谎言有好几周响在我的耳畔，这保姆以为这样就可以把谎言变成现实了。但是我，如人们所说的，就是不听邪。在我妻子去世三个月之后我才对保姆说，你去从我准备送给我妻子的侄女的那些衣物中选几件吧，也去厨房看看如果有你可用的锅也可以拿走。您想得到保姆随后的表现吗！雷格尔说，这个人胳膊上挂满了衣物塞进她事先准备好的一些容量为一百公斤的大袋子里，一次又一次把满胳膊的我妻子的衣服塞进那能盛一百公斤的大口袋里，直到里边再也没有空地儿为止。我一筹莫展地站在那里观看着这个场面。保姆发疯似的在房里跑来跑去把所有她能捞取的都装包打捆儿了，最后她装了容量为一百公斤的五个大口袋，把装不进去的又装了三个大手提箱。最后她女儿也来了，帮她把五个大袋和三个大箱子往下边兴格尔大街搬运，那里停着她女儿借来的一辆货运车。在两人把这些东西搬走后，保姆还从厨房拿来十几只锅和罐子放在地上，问都不问一下我是否同意她把这些家什也拿走。她一边说，她还给我留下几只，一边用绳子穿过这些锅、罐的把手把它们拴在一起，以便更好地往街上拿。我一筹莫展地站在那里，看着保姆和她女儿发了疯似的把这些锅罐搬运出去。保姆在我们这儿做工的许多年里，我妻子从未见过她的女儿，雷格尔说，要是只见上哪怕一面，我妻子也会大惊失色，雷格尔说。我们越是对人像经常说的那样关怀备至，我们对人越好，我们得到的报复就越厉害，雷格尔在国宾饭店说。亲历保姆及其女儿的这番作为让我的确认识到，人心如深渊一样可怕，雷格尔说。所谓低等阶层，事实就是如此，与上等阶层一样的卑鄙无耻，一样的虚伪。这是这个时代令人厌恶的标志之一，人们总是宣称，所谓简单的、被压迫的人是善良的，其他人是邪恶的，这是我所知道的最令人作呕的谎言，雷格尔说。人从总体上来说都是一样的无耻、卑鄙和虚伪，雷格尔说。那保姆一点也不比所谓统治者好，事实上今天情况正好相反，如同今天一切都是颠倒的，雷格尔说，那保姆今天就是统治者，而不是相反。那些所谓软弱无力者今天就是强者，不是相反，雷格尔在国宾饭店说，当他看《白胡子男人》时，我听到他在国宾饭店里对我说的话，今天一切都是颠倒的，总是说今天一切都是颠倒的。我正站在没有填埋的墓旁，保姆就想说服我相信，我妻子答应将她在巴德加施泰因[1]购买的那件绿色冬大衣赠送给她。雷格尔恼火地说，我妻子偏偏把这件漂亮昂贵的衣服赠送给她，这可能吗！这些人利用每一个机会，无所畏惧，您别看他

1　巴德加施泰因（Badgastein），奥地利萨尔茨堡州城镇，世界闻名的温泉疗养地。

们愚钝，他们能将一切，即使是最憎恶的事变成对他们有利的事。而我们总是步入他们的圈套，因为他们当然在这些日常的令人厌恶的事情上优越于我们，雷格尔说。虚伪地美化民众是令人憎恶的，他说，为民众我们责无旁贷，这是政治家的典型话语。我们若有某种理想主义的设想，总是很快便表明，我们的设想纯属荒谬，雷格尔说，我们一定会变老，老人有老人的尊严，讨好青春年华是令人憎恶的，一个上年纪的人去巴结青年人，这永远是使我反感的事情，我亲爱的阿茨巴赫尔，他说今天的人是得不到庇护的，是受人摆布的，我们今天的人都是完全听凭人摆布的，完全丧失了庇护，十年前，人们还在某种程度上感觉到受到庇护，可是今天他们已经完全把自己交出去，任凭他人摆布了，雷格尔在国宾饭店说。他们无法躲藏，没有藏身之处，这是很可怕的，雷格尔说，一切都完全可以被看穿，都一览无余，没有任何庇护可言；这就是说，今天已经再也没有逃遁的可能了，不管在哪里，他们都被驱赶、都被煽动，他们逃避也好，他们逃亡也罢，已经找不到藏身之所，除非逃进死亡，这是事实，雷格尔说，这多么阴森可怖呀，这世界已不再是私密的、可在其中得到庇护的了，而是阴森可怖的了。阿茨巴赫尔，您得忍受这阴森可怖的世界，不管您愿意与否，您完全听任这个阴森可怖的

221

世界的摆布了。如果有谁告诉您不是这样，那他是在说谎，今天不绝于耳的这些谎言主要是政治家和侈谈政治者所鼓吹的，这是他们的专业，雷格尔说。世界多么阴森可怖，没有人能在其中得到庇护，没有任何一个人，雷格尔在国宾饭店说。现在雷格尔看着《白胡子男人》说，我妻子的死不仅是我最大的不幸，她的死也把我解放了。随着我妻子的去世我自由了，他说，我说自由，我的意思是彻底自由、全面自由、完全自由，如果您知道或者至少预感到这意味着什么。我不再等待死亡了，我不去想，它自己也会来，它何时到来，对我已经完全无所谓了。最亲爱的人的去世也是我们整个体系的大解放，雷格尔现在说。带着这完全自由了的感觉我已生活了不短的时间。他说，现在可以让一切都冲我来吧，的确让一切都来吧，我不必去抵抗了，我不再抵御了，就是这样，雷格尔现在说。他一边看着《白胡子男人》，一边说，我确实始终喜欢这《白胡子男人》，可是丁托列托我从来不喜欢，我喜欢的是丁托列托的《白胡子男人》。三十多年了我总是观看这幅画，现在仍然可能观看它，没有哪幅画我能像这幅画那样看上三十多年。要是我们肆无忌惮地观看，历代大师很快便疲劳了，要是我们很专注地观看他们，要是我们将其作为毫无顾忌地批判和审视的对象，他们总是令我们大失所望。这些所谓历

222

代大师中没有谁能经受得住真正的、批评性的审视，雷格尔现在说。达·芬奇、米开朗基罗、提香，在我们的眼睛中很快就模糊，就溶化了，最终只不过证明自己是一种虽然非同寻常的，但是毕竟是可怜的活命艺术，一种可怜的活命尝试。戈雅是一个固执的、难以对付的人，雷格尔说，但戈雅最终也对我们没有什么用处，没有什么意义。艺术史博物馆这里的一切，这里没有戈雅，雷格尔现在说，归根到底，在我们生存的关键时刻不再有任何意义了。如果我们对所有这些绘画作品深入地研究，我们有朝一日就会发现作者笨拙之笔法，即使在那些最伟大、最具影响的艺术作品中也有缺欠，如果我们不屈不挠地研究下去还会发现严重缺点，让我们逐渐对这些作品感到扫兴，很可能我们对这些大师要求过高，雷格尔说。艺术从总体上说也只不过是活命艺术，这一点我们不可忽视，它是一种尝试，即以一种连理智也为其动容的方式，去克服这个世界及其令人作呕的一切，我们知道，要能实现这一目的只有借助于谎言、虚伪和自欺欺人，雷格尔说。这些艺术作品就是充满了谎言、虚伪和自欺欺人，如果我们再撇开它们所体现出来的、常常是高超的艺术技巧不说，那里边就没有什么了。此外，所有这些艺术作品是人的绝对无能为力的表现，无法对付自身以及一生一世在他周围的一切。所有这些作品都表达了既让人羞耻又让人惊恐的无能为力，表达了让人感动得死去活来的无能为力，雷格尔说。《白胡子男人》这幅画在三十多年里抵挡住了我的理智与情感，雷格尔说，因此对我来说，它是艺术史博物馆所陈列的绘画当中最可宝贵的。仿佛我在三十多年前就已经知道了这一点，三十多年前第一次坐在这张长椅上，正好在这《白胡子男人》的对面。所有这些所谓历代大师都是失败者，他们所有的人毫无例外地注定要失败，观看者在他们作品的任何一个部分都能发现他们的失败，在每一笔画里，雷格尔说，在最小的、极其微小的细部里。还不要说，所有这些所谓历代大师事实上总是在他们作品中的某个细部才闪耀着天才的光辉，没有一个人把一幅画百分之百地画得杰出不凡，没有一个人百分之百地完成一幅天才之作，这些所谓历代大师没有一个在什么时候能做得到；他们或者把下巴，或者把膝头，或者把眼皮画坏了，雷格尔说。大多数人都败在画手上，在艺术史博物馆没有一幅上面手画得完美，或者画得非同寻常，看到的总是些令人哭笑不得画得不成功的手，雷格尔说，您看这里所有肖像画，甚至在那些最有名的画里。这些历代大师中没有一个人把下巴画得不同凡响，或者的确把膝盖画得很成功。格列柯从来没有画好过一只手，他画的手看起来总是像一块脏兮兮的湿抹布，雷格尔现在说，艺术史博物馆根本就没有格列柯的画。在艺术史博物馆里也没有戈雅的画，他总是避免哪怕让一只手清楚地显现出来，说到戈雅画的手，就是这了不起的戈雅也只是半瓶子醋的水平，这位令人畏惧的、我认为其水平超出所有画家的艺术大师，雷格尔说。另外，在艺术史博物馆里始终只看到一种艺术，即所谓的国家艺术，敌视精神的哈布斯堡-天主教的国家艺术。几十年来总是这样，我走进艺术史博物馆，想到艺术史博物馆竟没有戈雅！没有格列柯，对我和我的艺术观来说，还不是不幸，但是艺术史博物馆里竟然没有戈雅，这确实是不幸，雷格尔说。如果我们拿世界标准来衡量，雷格尔说，我们不得不说，艺术史博物馆，与其声望极不相称，根本不是一流的博物馆，因为它甚至没有收藏伟大的、出类拔萃的戈雅。加之，艺术史博物馆完全符合哈布斯堡人的审美趣味，而哈布斯堡人至少在绘画方面的艺术趣味完全是令人厌恶的、天主教的那种愚昧和贫乏。信奉天主教的哈布斯堡人对绘画艺术并不比对文学更加赏识，他们始终觉得绘画和文学与音乐不同，是危险的艺术，而音乐，他们认为永远也不会危险，所以他们，正因为他们如此愚钝和思想贫乏，信仰天主教的哈布斯堡人便让音乐充分地发展起来，我在一本所谓艺术之书中读到了有关内容。哈布斯堡的虚假、哈布斯堡的

225

弱智、哈布斯堡的信仰反常，挂在所有这些墙上，这是事实，雷格尔说。在所有这些画中，甚至在风景画里都有这种反常的、变态的、天主教的信仰狂热。即使在具有最高度甚至超高度的绘画艺术水平的作品中也存在着卑鄙的教会虚伪，这令人憎恶。在艺术史博物馆所展示的一切作品都具有天主教的神圣光环，都在颂扬天主教，就是乔托我也不能将其排除在外，雷格尔说。这些令人厌恶的威尼斯人，用他们画的每一只爪子攀附着阿尔卑斯山前天主教的天下，他现在说。您在艺术史博物馆看不到一张画得很自然的脸，总是天主教的面孔。您如果较长时间观看一个画得很成功的头部，最后您看到的只是一个天主教意义上的头部，雷格尔说。甚至于这些画上的草也是作为天主教的草在生长，那在荷兰汤盆里的汤也只是天主教的汤，雷格尔说。画的都是天主教义，无耻之尤，雷格尔说。这三十六年我所以坚持不懈地到艺术史博物馆，无非是因为这里一年三百六十五天都是理想的温度，十八摄氏度，这温度不仅对于这些艺术品是理想的，对我的皮肤，尤其是我那敏感的头部也是如此，雷格尔说。深入地观看艺术作品，这自杀式的方法，要求某种老年所具有的超凡境界，雷格尔说，在艺术史博物馆里不能按习惯行事，他说，归根到底是艺术憎恨，不可救药的艺术癫狂。毫无疑问，亲爱的阿

226

茨巴赫尔，我们几乎已经处于我们这个混乱、拙劣煽情时代的高峰，他说，整个奥地利就是一个艺术史博物馆，一个天主教-国家社会主义的、可怕的艺术史博物馆。虚伪的民主，他说。今日的奥地利是混乱不堪的垃圾堆，这可笑的弹丸小国，一向自负，过高地估计自己，现在，在所谓第二次世界大战四十年之后，这个昔日的泱泱大国由于被彻底肢解而进入绝对的低谷；这可笑的弹丸小国，思想已绝灭，半个世纪以来只有迟钝的国家政治和愚蠢的国家崇信，雷格尔说。混乱不堪的、残暴的世界，他说。岁数大了，没法一走了之，他说，我太老了不能走开了，阿茨巴赫尔，八十二岁，您听听看！总是独自一人！现在我终于不可挽回地陷了进去，阿茨巴赫尔。今天我们在这个国家里无论朝哪里看，我们都在看一粪坑的可笑，雷格尔说。群体疯癫，灾难啊，他说。大家都程度不同地抑郁和沮丧，您知道，我们和匈牙利是全欧洲自杀率最高的国家。我经常想，我去瑞士，但瑞士对我来说更糟。您不会知道，我多么爱我们的国度，雷格尔说，但我十分憎恨眼前这个国家；我将来不想与这个国家有什么牵扯，这个国家日益让我恶心。所有今天在这个国家掌权执政的人都只有一副蒙昧的、愚钝的可怕面孔，您在这个破产的国家里只能看到巨大的一堆令人惊骇的形体外貌垃圾，他说。我们有什么没有想到、说到，我们以为自己是内行、权威，其实不是，这是喜剧，假若我们间接下来应该怎么办？那是悲剧，我亲爱的阿茨巴赫尔。伊尔西格勒出现了，应雷格尔的请求带来了《泰晤士报》，他只要出博物馆过马路，对面就有一个售报亭。雷格尔接过来报纸，站起来走出博尔多内展厅，迈着比以往，我想，更果断的步子从中间宽阔的楼梯走下去，走出馆外，我跟随其后。在那粗俗的玛丽亚·特蕾西亚女皇纪念碑前他停住脚步说，可能我感到很奇怪，到现在他还没有告诉我，为什么他今天又要我来艺术史博物馆与他会面。当他随后说出它的时候，我简直不敢相信自己的耳朵了，他说他买了两张城堡剧院上演《破瓮记》[1]的入场券，特别好的正厅座位，所以请我今天又到艺术史博物馆里来，真正的理由就是建议我与他一起到城堡剧院看这出戏。您知道，我好几十年不去城堡剧院了，我最憎恨这家剧院，我确实最憎恨整个戏剧艺术，他说，但是我昨天想，我明天去城堡剧院看《破瓮记》。我亲爱的阿茨巴赫尔，雷格尔说，我不知道，我怎么会有这样的想法，今

---

1 《破瓮记》(*Der zerbrochne Krug*)，德国著名小说家、戏剧家克莱斯特创作的独幕喜剧。《破瓮记》描写乡村法官亚当欲占有民女爱娃，夜晚闯进民居以将其男友征兵威胁爱娃，恰逢男友到来，法官仓皇逃跑时丢掉假发，碰碎了陶瓷。爱娃之母告到法庭，正值检察官对此视察，庭审逐渐变成对法官亚当的审判，最后法官成了被告，只有狼狈逃离。这部喜剧与莱辛的《明娜·封·巴尔海姆》和霍普特曼的《獭皮》一起被认为是德国文学史上喜剧三大杰作。

天，而且是与您一起，不与别的什么人，去城堡剧院看《破瓮记》。您尽可以认为我发疯了，雷格尔现在说，我的时日不多了；我确实这么想，请您与我一起去城堡剧院，归根到底《破瓮记》是德国最好的喜剧，城堡剧院又是世界上首屈一指的剧院。这想法足足折磨了我三个钟点，我要告诉您，要您陪我去城堡剧院看《破瓮记》，雷格尔现在说，阿茨巴赫尔写道，我考虑了三个钟点，苦恼得很，到底怎样跟您说呢，我买了两张《破瓮记》入场券，而且就是给您和我自己买的，几十年您听我讲的都是说城堡剧院是世界上最糟糕的剧院，现在忽然之间要您与我一起去城堡剧院看《破瓮记》，这事情甚至伊尔西格勒都感到莫名其妙。请您拿上这第二张票，他说，请您今天晚上同我一起到城堡剧院，与我分享这反常的疯癫带来的乐趣吧，我亲爱的阿茨巴赫尔，雷格尔说，阿茨巴赫尔写道，好的，我对雷格尔说，阿茨巴赫尔写道，如果这是您强烈的愿望的话，雷格尔说，是的，这是我强烈的愿望，并把第二张票给了我。我确实在晚上与雷格尔到城堡剧院看了《破瓮记》，阿茨巴赫尔写道。演出糟糕透顶。

历代大师遭遇绝望中的精神人——代译后记

　　所谓"精神人"（Geistesmensch）是伯恩哈德常用的称谓，他的小说《历代大师》的主人公雷格尔就是这样一个人，用他自己的话说，"我是一个从事批评的艺术家"，"集画家、音乐家和作家于一身"，小说的讲述者"我"说雷格尔是学问大家，是地地道道的哲学家。雷格尔认为既有思想又有批判精神，这是他的幸福，也是他的不幸，现实的平庸和卑劣让它无法忍受，八十二岁的他，三十多年来一直逃避到艺术中去，如尼采所说，"我们有艺术，因此不会因不堪生活而死亡"。具体说，雷格尔每隔一天，就要在上午到艺术史博物馆，坐在博尔多内展厅那幅《白胡子男人》画像前面的长凳上，下午到国宾饭店的咖啡厅，三十多年来他在研究这些历代艺术大师，自以为这个习惯维持了他的生存，以艺术大师为伴才使他没有发疯。然而他妻子的死终于使他明白，他一向总认为音乐是他的一切，哲学和写作是他的一切，总而言之，艺术是他的一切；总以为，在关键时刻可以依靠这些大师和巨匠，但他错了，在生命的关键时刻，他被这些不朽的人物，这些历代大师所抛弃，遭受到他们最卑劣的讥讽。他忽然明白，不是所谓的历代大师，几十年维持他生存的是这唯一的、他的亲人。亲人的离去带来的巨大痛苦，使他对人生更加感到悲哀，对世界更加厌恶，包括几十年成为他精神寄托的艺术。一切都是他抨击的对象。

首当其冲的就是那些绘画大师，他说他们的艺术是卑劣的天主教国家艺术，他们为名利所惑，他们的艺术是受委托的艺术，画的不是天堂就是地狱，极少人世间的现实生活，他们用他们的画笔制造谎言，他们是伪装虔诚的装饰工，是粉饰世界的油漆匠。所谓艺术史就是彻头彻尾的天主教绘画史。

在文学方面，他批判的矛头对准了备受文学史家、文学理论家尊崇的奥地利作家施蒂夫特，他说他不是什么小说艺术大师，而是总摆出一副浅薄、说教的面孔，文笔一塌糊涂，达不到对语言起码的要求，他书中大段的对自然风景枯燥无味的描写，在重视生态环境的今天，突然变得时尚起来，成为人们吹捧的对象，实际上他只是个地地道道善于记流水账的大管家。至于当前的文学状况更令人厌恶。雷格尔说，今天的作家几十年来写的都是没有思想的文学垃圾，他们所有的作品都是抄袭的，每一句话都是盗版的，年轻的写了两本书便成了明星作家，年老的甚至也来巴结他们，把各种奖颁发给他们。与这些人相比，那个施蒂夫特的确是非常了不起的大作家了。

而著名的音乐家布鲁克纳则成为他音乐方面攻击的重点，说他的音乐拙劣、杂乱无章，其中无端的多愁善感和虚伪的富丽堂皇弹冠相庆，他是一个硕大无比的、枯燥乏味的、阻塞倾听管弦乐的耳垢。莫扎特的音乐充满着衬裙和内裤式的煽情，尤其在歌剧作品中，浅薄的插科打诨、装腔作势的道德说教比比皆是。贝多芬的作品让人感到滑稽和笨拙，即使他的室内音乐也轰隆作响，气势磅礴得犹如愚蠢的进行曲，与其说是乐曲不如说是咆哮。野心勃勃的马勒想要创作音乐史上最长的交响乐，这算什么本事，他那歇斯底里的交响乐使奥地利音乐陷入了最低谷。

哲学家海德格尔是个地道的没有思想的人，雷格尔说，纯粹是德国哲学的反刍动物，一头不断怀孕的哲学母牛，被放牧在德国的哲学里，然后几十年在黑森林排泄出一摊又一摊具有诱惑性的俏货。他是德国人的拖鞋和睡帽哲学家。

雷格尔的怨恨和抨击从历代大师扩大到了整个奥地利国家和奥地利人，他说，如今整个奥地利就是艺术史博物馆，一个天主教-国家社会主义的、可怖的艺术史博物馆，这个可笑的弹丸小国，思想已经灭绝，只有迟钝的国家政治和愚蠢的国家宠信，在这个国家里，无论朝哪里看，都是一粪坑的可笑和卑劣，执政掌权的人都是一副蒙昧的、愚钝的面孔。奥地利人是与生俱来的机会主义者，所谓和蔼可亲的奥地利人，实际上是实施卑鄙无耻行径的大师，总是与国家谎言为伍，过着低劣的、虚伪的生活。雷格尔的抨击一发不可收，甚至厕所也不能幸免。奥地利的厕所也是臭名远扬，这里没有厕所文化，在这里如厕是一场灾难。你若不是杂技演员，就会弄脏自己。在这里的饭馆，你若餐前不得不上厕所，那就糟糕了，从厕所出来绝对一点胃口也没有了。

雷格尔三十多年来坚持到艺术史博物馆，他知道为什么这样一些所谓历代大师竟然成为永恒的存在，作为绝对尊崇的巨匠一代又一代地流传下来，因为他们是天主教-国家艺术家，他们被写进艺术史，编进教科书，他们的作品悬挂在艺术圣殿里，那些前来参观的芸芸众生，面对宏伟的展厅已经自惭卑微，只有赞叹的份儿，哪里还有鉴赏的勇气。博物馆的讲解员是一些兜售从艺术史家那里批发来的废话的机器，他们把自己调试好，一面轰赶着参观者，一面自欺欺人地聒噪起来。德国人在艺术史博物馆的整个时间里都在读展品的目录册，几乎不看墙上的展品，他们卑躬屈膝地踟蹰在目录册中，直到最后一页，这时他们的脚也已迈出了博物馆，来到了外边。奥地利人还是学生时，就由那些头脑迟钝、思想狭隘的老师带着参观艺术博物馆，他们煞费苦心地按着书本上的说辞毁坏着学生们对艺术的敏感和兴趣，在教学中用那些循规蹈矩的声乐和器乐训练，以及枯燥刻板的模仿，虽然让学生掌握了某种艺术技能，使他们的手指灵活了，嗓音好听了，他们或许具备了复制能力，但是他们从此便对艺术再也没有感觉了。艺术史博物馆作为权威机构，让那些所谓历代大师走上艺术圣殿，头上放射出耀眼的光环。然而正是在这些机构里进行着抹杀个性的活动，通过一代又一代复制式的传承使艺术品失去了光彩。

雷格尔那个"专用"的长凳上，一天来了一位英国参观者，坐在那里长时间观看《白胡子男人》那幅画，并且不断地与他带来的一本书里的照片做比较，原来在他家里卧室墙上也挂着这幅画，是他从姨婆那里继承下来的，而姨婆是从与奥地利有亲戚关系的肯特公爵家里得到的。两部作品一模一样，假如都不是赝品，那么只能是画家丁托列托画出了两幅完全相同的画。这当然是耸人听闻的。艺术史博物馆的展品竟然失去了绝对的原创性！工业技术的飞速发展，尤其是数字化和网络技术的日新月异，使个性化、独特性的生存极其艰难。现在我们有电子工业、化学工业、服装工业、食品工业等，同样也有艺术工业、音乐工业，如同在世界各地都有同样的肯德基和麦当劳，在世界各地都能听到同样的音乐会，看到同样的戏剧演出。经常可以看到，有的人钢琴弹得节奏精准而又娴熟，有的人歌唱得音色和旋律也都无懈可击，但是可惜他们充其量是在模仿和复制，没有自己对音乐的深刻感悟和理解，艺术失去了独特性和原创性，那就意味着审美价值的丧失和崩溃。欣赏艺术不再是精神享受，而只是某种感官需求了。

然而也是在这张长凳上，他结识了后来的妻子，她那天偶然来到艺术史博物馆，因为疲劳，坐到了这张长凳上，因为她并不喜欢《白胡子男人》那幅画，引起了雷格尔的注意，于是便聊了起来，此后不久他们就结成了夫妻。这个与历代大师形成鲜明对照的人，她的存在是有限的，但是她的独特个性是不可复制和替代的，她的价值因此是不可估量的。对雷格尔来说，仿佛认识她、与她生活在一起，才是来艺术史博物馆的真正目的，是他在艺术史博物馆里得到的最大收获，是他多年来从事艺术研究获得的最高奖赏。

雷格尔是一个充满着矛盾的人物，一方面他说服自己相信存在着杰出的、完美的艺术，否则他在这个卑劣、愚钝的社会里就会感到绝望；另一方面他具有艺术批评家那

236

尖锐、深邃的目光，不能容忍完美的存在，只有想到不存在完整和完美的事物，他才能平静，才能生存。所有这些历代大师，他们的作品充其量也只有在局部和细节上是成功的，从整体上看都是拙劣的、虚伪的和失败的。这些所谓完美的作品，其存在得益于芸芸众生那赞叹的目光和肤浅的审美趣味。赞叹是弱智者的基本状态，在锐利、批评的目光下，这些所谓的完美和经典杰作便会逐渐坍塌、瓦解，原形毕露。雷格尔认为，若使这不完美的、卑劣的世界和艺术能够忍受，唯一的办法就是将其弄得滑稽可笑。在这个意义上，雷格尔是位不折不扣的"夸张艺术家"，通过夸张，一切才能清晰可见，才能准确地呈现出来。这也是伯恩哈德在他创作中运用的主要艺术手段。所以看过这本书后，我们当然不能把雷格尔对历代大师的那些毁灭性的批判，当成作者的观点，我们当然也不能完全否认这些观点与作者的关联；我们当然不能完全赞同雷格尔的批判，认为历代大师的作品都是拙劣和失败的，不要忘记他是在怎样的情况下进行这样的批判，这是作者表现这个人物的需要；同时我们不得不承认，雷格尔的批判是有其深刻道理的，因为大师也是人，他们的作品不完美，归根到底是人性不完美的体现，是世界不完美的继续，雷格尔的批判彰显了他对艺术的人性实质的清醒认识。所以运用极其夸张和绝对的表述形式，那是因为传统的势力和赞叹的习惯太强大，不夸张不足以撼动和改变它们。

这部小说的情节结构很简单，主人公雷格尔坐在艺术史博物馆展厅的长凳上观看着，讲述者"我"接受雷格尔的邀请，提前一个钟点来到这里，从一旁观看在观看的雷格尔，回忆着昨天以及以往雷格尔的讲述。这样观看者、批判者雷格尔就将自己暴露在读者面前：他这位音乐评论家，三十多年来每隔一天上午到艺术史博物馆，坐在长凳上观看《白胡子男人》那幅画，讲述者"我"发现他的目光并不在这幅画上，甚至也不在展厅里，而在更远的某处。原来三十多年来，雷格尔到艺术史博物馆展厅里来，是因为展厅的十八摄氏度室温最适合他思考，还有展厅服务员的特殊服务，渴了，展厅服务员会送水来，要看报便为他买来报纸。雷格尔把穿不了的衣服送给展厅服务员并经常请他吃饭，以确保在他的呵护下长期享受在展厅里的特殊待遇。雷格尔不打自招地说，《白胡子男人》这幅画是艺术史博物馆里最珍贵的画，因为它经受住了他三十多年来调动理智和情感对它的观看和研究，其实《白胡子男人》这幅画不过是雷格尔这位醉翁的酒而已。雷格尔因为妻子去世的巨大悲痛考虑要结束自己的生命，可他不知道该怎样做，同时办理烦琐的丧葬手续也让他根本没有时间去结果自己。

用他的话说，这种事情如果不马上去做，就无法再去做了。他所以能活下来，不是因为他抱紧莎士比亚或者歌德或者康德，以及一切所谓大师。他们没有帮助他解脱，没有给他宽慰，他们的思考和著述都让他忽然觉得陌生和恶心，雷格尔说，只有唯一的一个人帮助了他，那就是叔本华，不是他的思想拯救了他，而是雷格尔为了自己的目的歪曲了他，滥用了他，把他当作活命的灵丹妙药。实际上叔本华与上面提到的历代大师都一样，都让他在关键时刻大失所望。他所以能活下来，因为他胆怯，不敢走向死亡。雷格尔为什么一反常规，约讲述者"我"第二天在艺术史博物馆见面，打破几十年的习惯，接连两天都到博物馆里来，而且考虑了数小时之久，不知道见面后该如何对"我"解释。原来他要请"我"和他一起去城堡剧院看戏，这是他一直十分厌恶的、称其为世界上最糟糕的一座剧院，并且是看戏剧大师之一的克莱斯特的作品，尚未完全从失去亲人的痛苦中解脱出来、正在无情地抨击历代大师的雷格尔忽然要去剧院，而且还是看一出喜剧《破瓮记》，这让讲述者"我"颇为大惑不解。雷格尔把入场券递给讲述者"我"说道，"与我分享这反常的疯癫带来的乐趣吧"，这是他的强烈愿望，讲述者"我"应邀同去。结果在意料之中：演出糟糕透顶。

雷格尔作为艺术家无法完全脱离艺术欣赏活动，但是不知道他还能经受住多少次失望呢？也许，伯恩哈德安排这样一个结尾抑或还有另一层意思。首先，他的主人公并非抨击一切大师，这位克莱斯特也是作者本人喜欢的一位戏剧家。那么为什么一定是《破瓮记》这出戏呢？原来，这部戏表现的是一个案件的审理过程，戏里的主角乡村法官企图强占民女，夜里来到民女家，慌乱之中丢掉了假发，碰碎了陶瓮。民女之母到法庭告状，正值检察官前来视察，乡村法官审理案情的过程，逐渐变成他丑恶行径暴露的过程，法官最终成了被告。伯恩哈德让小说《历代大师》主人公雷格尔对艺术和社会进行无情的批判和抨击，实际上也是对这个人物的自我反讽，让他披露自己，对他力图保持自己的优越地位、傲视一切的怪诞的生存方式进行质疑。他抨击历代大师，说他们的作品皆为失败的和可笑的，这也适用于他自己的著述。雷格尔抨击世界和艺术抹杀和伤害个性，而他本人不是很愿意看到别人模仿他、顺从他，按照他的方式生活吗？看看他周围和身边的三个人，那个展厅服务员一开口，只要仔细去听，就会发现，那是雷格尔在说话，他就是雷格尔的传声筒。雷格尔所以把讲述者"我"视为他最好的朋友，因为从事音乐理论批评的雷格尔看到，虽然他这位朋友对音乐的理论研究不感兴趣，但却是他从理论上评说音乐的一位忠实倾听者，从不提出异议，是他在毫无幸福可言的音乐生涯跋涉中不可或缺的人。雷格尔当然也想要把他的妻子改变成像他一样的人。他向她灌输他掌握的那些知识，虽然她听了一年的关于维兰德的讲述几乎成了维兰德专家，虽然他带领她到叔本华、尼采、笛卡尔、蒙田和帕斯卡等人的精神世界里旅行，但是她并不一味地跟随，比如她就不接受施莱尔马赫，对诺瓦利斯不感兴趣，她也不认为青年艺术风格派是多么丑陋的煽情。她受过高等教育，有自己的见解和审美原则。她不是传声筒和忠实的倾听者，正因为如此，她的离去才对雷格尔构成巨大的缺失，让他这个耄耋之人老泪纵横。在某种意义上可以说，作者塑造了雷格尔这个人物也是让自己照一照镜子，反思他自1952年发表诗歌以来三十多年里他的人生道路和创作生涯，这也是三十多年来，帮助、关心他的那位"命中贵人"黑德维希·施塔维阿尼切克女士对他的殷切期望。雷格尔对讲述者"我"说，"我们有什么没有想到、说到，我们以为自己是内行、权威，其实不是，这是喜剧"，于是，我们理解了，为什么这本题为《历代大师》的小说副标题叫"一出喜剧"。

马文韬

托马斯·伯恩哈德生平及创作

1931　托马斯·伯恩哈德生于荷兰海尔伦。母亲赫尔塔·伯恩哈德与阿洛伊斯·楚克施泰特未婚怀孕。赫尔塔于 1930 年夏离开奥地利，到荷兰打工做保姆，1931 年 2 月 9 日生下托马斯。操木匠手艺的生父不承认这个儿子，逃脱责任去了德国。这年秋天，母亲将托马斯送到维也纳她父母家里。

1935　外祖父母迁居奥地利萨尔茨堡州的泽基尔兴，外祖父约翰内斯·弗洛伊姆比希勒是位作家，很喜欢托马斯这个外孙。

1936　母亲赫尔塔与理发师埃米尔·法比安在泽基尔兴结婚。

1937　继父法比安在德国巴伐利亚州找到工作，母亲带托马斯随后也到了那里。

1938　生父楚克施泰特与他人结婚。母亲生下彼得·法比安，托马斯的同母异父弟弟。

1940　母亲生下苏珊·法比安，托马斯的同母异父妹妹。

生父楚克施泰特在柏林自杀。

1941　　母亲与托马斯不睦，托马斯作为难以教育的儿童被送到特教所。

1943—1945　　在萨尔茨堡读寄宿学校，经历了盟军对萨尔茨堡的轰炸。

1946　　法比安一家被逐出德国，移居萨尔茨堡。一大家人包括外祖父母，挤在拉德茨基大街两居室单元房里。托马斯读高级中学。

1947　　托马斯辍学，在萨尔茨堡贫穷的居民区一家位于地下室的食品店里当学徒。

1948—1951　　托马斯患结核性胸膜炎，后来加重发展成肺病，在多处医院住院治疗，在寂寞、无聊，甚至绝望中，他开始了阅读和写作。

1949　　外祖父去世。

1950　　结识斯塔维阿尼切克医生的遗孀——比他大三十七岁的黑德维希·斯塔维阿尼切克女士，她直至1984年逝世始终支持伯恩哈德的文学活动。通过这位居住在维也纳的挚友，正在开始写作的伯恩哈德接触了奥地利首都的文化界。伯恩哈德在他的散文作品（亦称小说）《维特根斯坦的侄子》中借助主人公"我"说，"我有我的毕生恩人，或者说我的命中贵人，在外祖父去世后她是我在维也纳最重要的人，是我毕生的朋友……坦白地讲，自从她三十多年前出现在我身旁那个时刻起，可以说我的一切都归功于她"，这就是伯恩哈德对这位女士的评价。伯恩哈德的母亲去世。

244

1952	发表文学创作处女作：诗歌《我的一块天地》，刊登在《慕尼黑信使报》上。
1952—1955	通过著名作家卡尔·楚克迈耶的介绍，担任萨尔茨堡《民主人民报》自由撰稿人。与斯塔维阿尼切克女士一起到意大利威尼斯、南斯拉夫等地旅行。
1955—1957	在萨尔茨堡莫扎特音乐学院学习声乐和表演。
1957	发表第一部著作：诗集《世上和阴间》。
1960	参加戏剧演出。
1963	散文作品《严寒》由德国岛屿出版社出版，引起德语国家文学评论界的注目，报界认为这是文学创作一大重要成就。到波兰旅行。
1964	发表短篇《阿姆拉斯》。获尤利乌斯·卡姆佩奖。
1965	在上奥地利州的奥尔斯多夫购置一处旧农家宅院，后又在附近购置两处房产，整顿和装修持续了几乎十年。由于伯恩哈德的身体状况，医生要他经常去欧洲南部有阳光和空气清新的地方，实际上他很少住在奥尔斯多夫这一带，但是这些地方成为他作品里人物活动的中心。获德国自由汉莎城市不来梅文学奖。
1967	发表长篇《精神错乱》。获德国工业联邦协会文化委员会文学奖。由黑德维希·斯塔维阿尼切克女士资助，伯恩哈德住进维也纳一家医院治疗肺病。从此黑德维希伴随伯恩哈德经历了他生活中的喜怒哀乐。她成为伯恩哈德生活的中心，反之亦然。在《历代大师》中，主人公雷格尔回忆妻子的许多话语反映出伯恩哈德与她之间的关系。

1968 发表散文作品《翁格纳赫》。获奥地利国家文学奖和安东·维尔德甘斯奖。

1969 发表散文作品《玩牌》、短篇集《事件》等。

1970 第一个剧本《鲍里斯的节日》由德国著名导演克劳斯·派曼执导，在汉堡话剧院首演，之后德语国家许多知名剧院都将该剧纳入演出计划。后来派曼应邀到维也纳执导多年。伯恩哈德的杰出戏剧成就在某种程度上得益于这位导演的艺术才华。同年发表散文作品《石灰厂》。获德国文学最高奖毕希纳奖。

1971 到南斯拉夫举行朗诵作品旅行。发表散文作品《走》和电影剧本《意大利人》。

1972 由派曼执导的《无知者和疯癫者》在萨尔茨堡艺术节首演，由于剧场使用方面的一个技术问题与萨尔茨堡艺术节主办方发生争执，该剧被停演。获弗朗茨·特奥多尔·乔科尔文学奖和格里尔帕策奖。退出天主教会。

1974 戏剧作品《狩猎的伙伴们》在维也纳城堡剧院上演。《习惯的力量》在萨尔茨堡艺术节上首演。获汉诺威戏剧奖。

1975 自传性散文作品系列第一部《原因》问世。戏剧作品《总统》首演。发表散文作品《修改》。

1976 戏剧作品《著名人士》《米奈蒂》首演。发表自传性散文作品《地下室》。获奥地利联邦商会文学奖。萨尔茨堡神父魏森瑙尔把伯恩哈德告上法庭，指控《原因》中的人物弗朗茨是影射他，玷污了他的名誉。

1978	发表剧本《伊曼努尔·康德》、短篇集《声音模仿者》、散文作品《是的》(即《波斯女人》),以及自传性散文作品《呼吸》。
1979	伯恩哈德以戏剧作品《退休之前》参加关于德国巴登-符腾堡州州长是否具有纳粹背景的讨论。在联邦德国总统瓦尔特·谢尔被接纳进德国语言文学科学院后,伯恩哈德宣布退出该科学院,不再担任通讯院士。
1980	德国波鸿剧院首演《世界改革者》。
1981	戏剧作品《到达目的》首演。发表自传性散文作品《寒冷》。
1982	发表长篇散文作品《水泥地》《维特根斯坦的侄子》,以及自传性散文作品《一个孩子》。戏剧作品《群山之巅静悄悄》首演。
1983	散文作品《沉落者》问世。
1984	戏剧作品《外表捉弄人》首演。发表散文作品《伐木》引起麻烦,由于盖哈德·兰佩斯贝格声称名誉受到该作品诋毁而起诉了作者,该书被警方收缴。翌年兰佩斯贝格撤回起诉。进入1980年代,黑德维希·斯塔维阿尼切克健康状况变坏,1984年病故,在维也纳格林卿公墓与其丈夫埋葬在一起。
1985	发表长篇散文作品《历代大师》。萨尔茨堡艺术节上演《戏剧人》。
1986	戏剧作品《就是复杂》在德国柏林席勒剧院首演。萨尔茨堡艺术节上演《里特尔、德纳、福斯》。发表篇幅最长的、最后一部散文作品《消除》,一出

奥地利社会的人间戏剧，主人公的出生地沃尔夫斯埃格成为奥地利历史的基本模式。

1987　发表剧作《伊丽莎白二世》。

1988　由派曼执导的伯恩哈德的话剧《英雄广场》提醒人们注意50年前欢呼希特勒的情景并没有完全成为过去，由于剧情提前泄露引起轩然大波，奥地利第一大报《新闻报》抨击该剧"侮辱国家尊严"，某位政治家要求开除剧本作者的国籍，部分民众威胁作者和导演当心脑袋，演出推迟三周后才冲破重重阻力，于11月4日在维也纳城堡剧院首演，演出盛况空前，引起欧洲乃至世界的关注。

1989　2月10日伯恩哈德在遗嘱上签字，主要内容是在著作权规定的70年内禁止在奥地利上演和出版他已经发表的或没有发表的一切著作。由于长期患肺结核和伯克氏病，并出现心脏扩大症状，加之呼吸困难和心力衰竭，2月12日伯恩哈德在上奥地利州的格蒙登逝世。2月16日遗体安葬在维也纳格林卿公墓，与其命中贵人黑德维希·斯塔维阿尼切克女士及其丈夫葬在一起。

文景

社科新知　文艺新潮

Horizon

历代大师

[奥地利]托马斯·伯恩哈德　著

马文韬　译

出 品 人：姚映然
责任编辑：高晓明
营销编辑：杨　朗
装帧设计：XYZ Lab

出　　品：北京世纪文景文化传播有限责任公司
　　　　　（北京朝阳区东土城路8号林达大厦A座4A　100013）
出版发行：上海人民出版社
印　　刷：山东临沂新华印刷物流集团有限责任公司
制　　版：南京展望文化发展有限公司

开　本：787mm×1092mm　1/32
印　张：8　字　数：136,000　插页：2
2024年1月第1版　2024年9月第2次印刷
定　价：75.00元
ISBN：978-7-208-17562-4/I·2002

图书在版编目（CIP）数据
历代大师 /（奥）托马斯·伯恩哈德
（Thomas Bernhard）著；马文韬译. —上海：上海人
民出版社，2022
书名原文：Alte Meister
ISBN 978-7-208-17562-4
Ⅰ. ①历… Ⅱ. ①托… ②马… Ⅲ. ①长篇小说—奥
地利—现代 Ⅳ. ①I521.45
中国版本图书馆 CIP 数据核字（2022）第000912号

本书如有印装错误，请致电本社更换　010-52187586

Alte Meister. Komödie
By Thomas Bernhard
© Suhrkamp Verlag Frankfurt am Main 1985
Chinese simplified translation copyright © 2024 by Horizon Media Co., Ltd.,
A division of Shanghai Century Publishing Co., Ltd.
ALL RIGHTS RESERVED